うたわない女はいない

働く三十六歌仙

中央公論新社

〃働く〃を考える

女が働く現場から

だいじょうぶじゃないとき

不器用なままで

働くうれしさ

未来に驚いて

本書では、三十六人の女性の歌人が「働くこと」をテーマに短歌とエッセイを紡ぎました。さまざまな仕事現場から生まれる女性たちの歌に、この社会の変わらないもの・変わっていくものの現実が浮かび上がり、あらゆる感情が呼び起こされます。

同じテーマで短歌を一般公募し、歌人の俵万智さんとシンガー・ソングライターの吉澤嘉代子さんが選考委員を務める「おしごと小町短歌大賞（二〇二二年度）」も開催しました。多彩な受賞作と選考会の様子もぜひご堪能ください。

編集部

うたわない女はいない

〝働く〟を考える

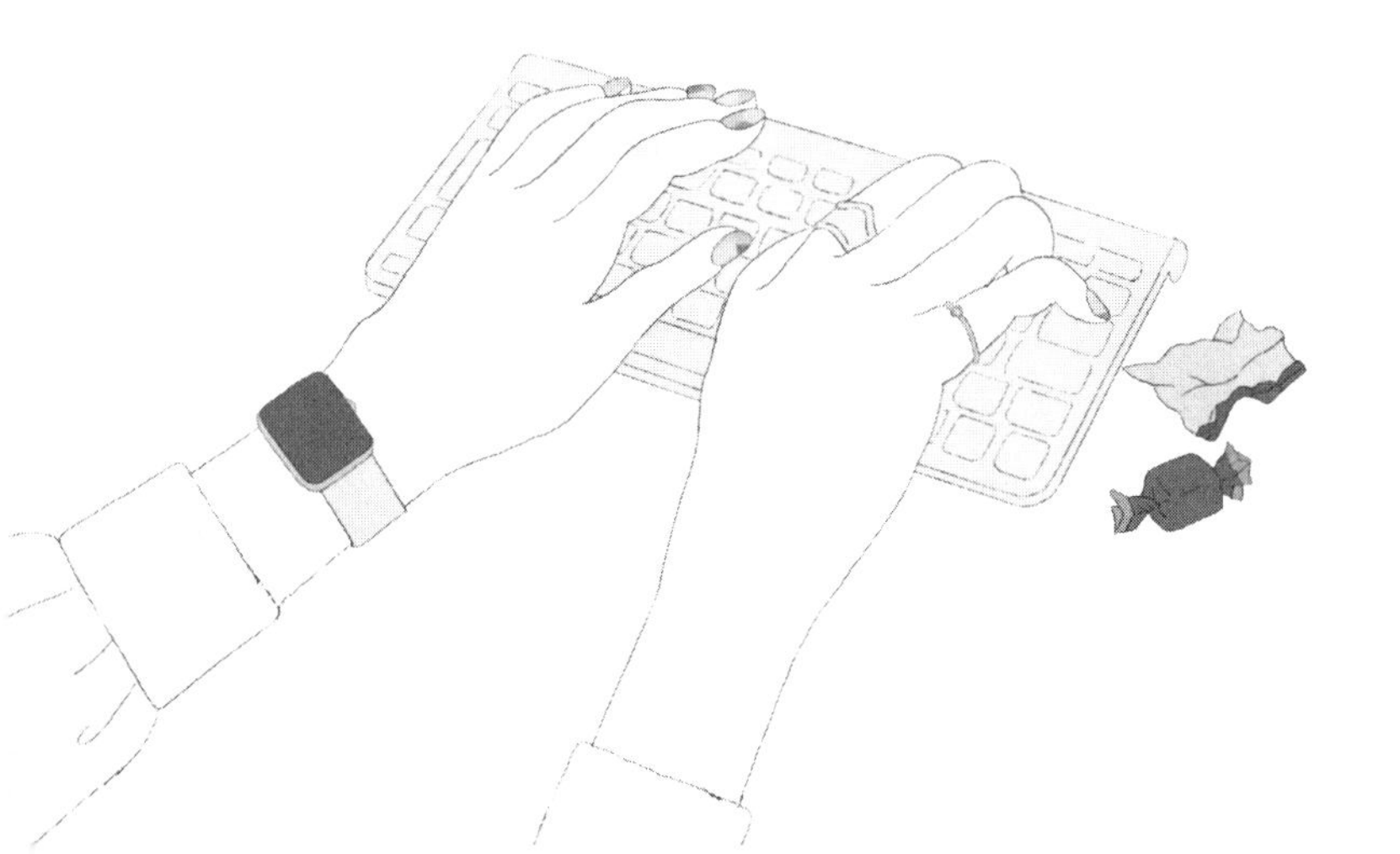

竹中さん

竹中優子

新人に泣かされているパートリーダー　竹中さんは頷いている

ただ仕事ができないことで人を泣かす新人は長崎のお菓子を配る

上司のＬＩＮＥ無視をする朝　その午後も許可もらったり判子もらったり

髭（ひげ）敬語　たぶん呼ばないまま終わるあだ名をひとつ思っていたり

前髪を日曜の夜中に切ったこと思い出す月曜日の車内

同僚が胸の高さに仕舞う紙　竹中さんは報告を受ける

秋のお墓は葉っぱで建てる　踏ん付けて竹中さんが飛び跳ねる午後

爪を切るときによく似た音立てて残業にふたつ仕事を終える

樹木のように

私はよく働く辛さを短歌にする。いつも他人が羨ましく、自分は損をしている気がする。その気持ちを濁して自分を淡く保ち、社会の中で価値のない人間と見なされないように、一生懸命演じている。こんな私が最後にたどり着く場所はどこだろう。

本当はただ単純に、誰かに必要とされたり必要としたりして生きていたい。例えば、植物が生えて、鳥が木の実を食べて、糞をして、また植物の種を遠いところへ運ぶ。そんな風にささやかな役割を果たし、ただ循環したい。手足を伸ばして、ただ存在としてありたい。時々考える。それだけのことが、とても難しい。

先日、森林の環境再生の専門家の方と色々話をする機会があった。街中にある自然を観察して参加者たちと一緒に短歌を作るというイベントを企画してもらったためだ。街中にも色んな自然があることを知って楽しかった（例えば街路樹の樹皮に貼りついている黴（かび）のようなものは「地衣類（ちいるい）」といって、黴というよりきのこに近い生きものらしい。意識して観察してみると至る所に地衣類はいる）。

最後にその専門家の方が一本の街路樹を指さして、「ああいう樹、ぼく好きなんです。いかにも生きにくいって形をしているでしょう」と言った。背の高い建物に遮られて、他の樹よりも日光が当たりにくい場所に生えているその樹は、わずかな日光を求めて、不自然に身体を歪めて幹や枝を伸ばしていた。

「ほら、こういう感じ」、その人は自分の腕や頭を曲げて、その一本の樹を真似ながらいつまでも笑っていた。育ったままの形が自分の姿になる。樹木ってそういう存在なんだと改めて感じた。上手く言えないが、自然に手足が伸ばせずとも、身体や心を歪めてしまっても、そうして生きた時間そのものが自分の形になるのは人間も一緒なんだろう。そう思いながら、私も笑った。この一瞬を見逃さずに言葉にしたいと思った。そうすることが私の仕事と信じて、今日も言葉を書いている。

竹中優子（たけなか・ゆうこ）　**歌人・大学職員**
福岡在住。ふらふらと短歌や詩を書いています。第六二回角川短歌賞、第六〇回現代詩手帖賞受賞。著書は、第一歌集『輪をつくる』（KADOKAWA）、第一詩集『冬が終わるとき』（思潮社）。note：note.com/takenakayuko/

晩秋の光

戸田響子

特に主張することはないということを主張している無印文具

朝のラッシュを抜けて降りたちイヤホンを外せば秋が寄りそってくる

コピー機が不機嫌になり後輩が不機嫌になり横切る羽虫

脈絡を与えてくれるひとりごとセロハンテープの切り口がない

焼きそばの湯切りのにおい立ちこめる給湯室で絶叫を聞く

資料室に深くに潜ってゆく午後の非常灯から緑の光

雑踏に歩行者信号鳴っており冬の鱗(うろこ)が光をかえす

なにかしら神聖なものがいるらしいスパンコールの落ちている床

逃げてゆく先

働くとは何だろうか。働くといった途端になんだか嫌な感じがする。働くことも遊ぶこともひとつひとつの行動に分解するとそんなに変わらないはずなのに不思議だ。仕事の入力作業も旅行の予約のための入力作業も同じ入力だし、会社の会議も趣味の仲間たちとイベントの相談も同じ話し合いという行動である。それなのに一連の行動に「働く」と名付けるとたちまち心に暗雲が立ち込める。

落ち着いて考えれば仕事だろうが趣味だろうが、バランスは違えど好きな作業と嫌いな作業の組み合わせにすぎない。そう考えればその作業の割合で楽しかったり、しんどかったりするはずで「働く」と名前がついた途端に全部つらい気がするのは気の迷いではないだろうか。

しかしこの考え方は根本的に間違っている。お気づきのとおり「仕事」は、やらなければよくないことが起こり、遊びや趣味にはそれがないということだ。趣味や遊びも仕事にした途端にそうなる。嫌だなぁと思うことを好きになるのはなかなか難しい。

さて、そこで短歌である。いきなり何をいい出すのかと思われたことだろう。つまり嫌だなぁと思っていることをしていると心がどこかに逃げようとする。思ってもみないところへ逃げていく。

一生懸命クリップで書類をまとめていたらクリップの容器が床に落ちる。散らばる。最悪だ、死にたい。けれど逃げ出した心はクリップの落ちた時のシャラシャラという音が満天の星空の効果音みたいだと感じ、曲がってしまったクリップを見て、これを一本の針金にしてやろうという些細(ささい)な虐待を思いつく。

クリップの箱を落としてしまったら星がまたたく音が響いた

（「短歌ホリックNo.3」めまいの震度　戸田響子）

クリップをクリップとして使えない針金に伸ばす残虐なやつ

（『煮汁』戸田響子）

働くのがしんどいなぁと思ったら、心が逃げていった方向を注意深く見る。おもちゃの指輪のような他愛(たわい)ない、でもちょっとステキなものがそこに光っている。

戸田響子（とだ・きょうこ）　**歌人・事務員**
一九八一年名古屋市生まれ。詩形融合作品「煮汁」で第四回詩歌トライアスロン受賞、「拾いながらゆく」で第六〇回短歌研究新人賞次席。歌集『煮汁』（書肆侃侃房）。ごく普通の事務員をやりながら未来短歌会彗星集に所属。Twitter：@teao_ten

心いちまい

佐伯　紺

事務職をやっていますと言うときの事務は広場のようなあかるさ

一部を一尾と打ち間違えてつぎつぎに海老に変わってゆく書類たち

「言うことがいっぱいある.txt」を「ぴえん.doc」に移して寝かす

なけなしの志望動機に夏服をまとわせて裾ひるがえらせて

お見送りお見送りって行くあてもないし振る手も見ていないのに

いちまいの心を鶴に祈られて鶴にもハローワークあるかな

手を組めば祈りのかたち応援の援は手が手を取った成り立ち

だだっぴろい広場にたぶん無数の手　いつかは見えてほしい手のひら

転職活動

人材派遣会社の派遣社員を採用する部署で事務をしながら細々と転職活動をしている。採用された人の名前や住所や生年月日を打ち込んだり、入社書類や履歴書をPDFにしたりしながら、どんなときも笑顔で対応を、とか、急な残業を命じられても嫌な顔ひとつせずに、とかいうような文字列が目に入っては勝手につらい気持ちになったりしている。転職活動は難航していて、世の中にめちゃくちゃたくさん会社があることだけはわかる。延べ八〇社くらい落ちたと思う。

たくさんの求人票に目を滑らせて、応募したり応募を見送ったり採用を見送られたりしながら、自分が何を目指してどこに向かっているのか日に日にわからなくなっている。見込残業手当八〇時間分という求人票があったりして目を疑う。過労死レベルの残業を見込まないでほしい。手元のスマホひとつで応募ができて、だいたい書類の段階で落ちるので実生活ではほとんど何も起きておらず、平日はぼんやりと仕事をしている。新卒の求人に応募したという大学生のたどたどしい問い合わせを受けながら、電話苦手ですよねわかりますわたしもです就活頑張っててめっちゃえらいですねと褒めたくなるが褒めずに担当者に繋ぐ。電話や書類の向こうに人がいて、そのひとりひとりに人格や人生や生活があることを思い始めるといろいろなことが滞ってしまう。全員うまくいってほしい。わたしも含めて。

転職活動をしているとめちゃくちゃたくさん会社があるなと思うし、そのたくさんの会社に拒まれ続けているとめげそうにもなるが、仕事をしているとめちゃくちゃたくさん人間がいるなと思うから絶望しないでいられるのかもしれない。いつかはご縁があると信じたいのでまた応募ボタンを押す日々を続ける。

佐伯 紺（さえき・こん） 歌人・会社員
一九九二年生まれ。二〇一四年、「あしたのこと」で第二五回歌壇賞受賞。「羽根と根」「遠泳」同人。Twitter：@con_saeki

止むを得ない天命とビジネスライクな諸事情による全面抗争

水野しず

早く死ね。絶望よりも夢よりも後から星が光るよりも
businessはどこまでいってもわからない命を溶かしてみたくもなった
降下するように生きようこれからは根本的に意味がないから

平等は無価値という一点で光る蒲田でパンを持つ人

ニヤニヤとしてばっかりですいません（命ですから許してください）

自力でも登るレーンは空いているエス／カ／レーターまだ死んでない

ソビエトの左翼は何もしないのに日本の左翼はよく働くね

ただ崖を登って逝こう明るいね、極限を超えて愉快になろうか

パンに励む人

仕事っていうのは究極的には「これが天命だ」とある時理解してしまった行為の極限にまで自分の中で到達することなんじゃないかと思っているんですけど、それが必ずしも人類の進歩に役立つ素晴らしいものであるとは限らない。誰に言われるでもなく与えられてしまった天命としてのお仕事のやんごとなさと、宇宙のどこかしらに存在する一員として支払うお家賃としてのやんごとなさ。この二つは全く交わらない二つの平行線として命の限り並走し続ける。いつだって。そういうところが労働という行為の面白さ、物悲しさ、高貴さの根源にあるんじゃないだろうか。だから生命は、ある側面から見たときには常にそれ自体止むことなく燦然と光る。根本的無価値をものともせずに。

私は普段、文章や絵を書いて生計を立てているのですが、五年ほど前に、蒲田で開催された展示に参加しました。当時は制作のため、蒲田駅から徒歩一三分の展示場に一週間ほど通いました。変な道中でした。むなしい、つかいものにならない冷え固まった砂場がいくつかあり、チューリップが生活の欺瞞を告発するように白々しく咲いている。住宅も人類を舐めているようなドールハウスじみた胡散臭いあしらいでした。そこで毎朝、両手で抱えるほど大きなパンを持って立ち尽くしている五〇歳ほどの男性を見たのです。その人は理解（わか）った顔をしていました。なんとなくボンヤリ立ち尽くしているのではなくて、強い確信を背に、その人なりの理を垂直に裂くような決意で。それを見た時、自分にとっての「労働」が大体腑に落ちた気がしました。

そんなものあるいは一笑に付されるのかもしれませんが。

水野しず（みずの・しず）　POP思想家
バイキングで何も食べなかったことがある。著書『きんげんだもの』（幻冬舎）、『親切人間論』（講談社）。

脚光

平岡直子

外廊下にいるみたいだな眠ってるのに学生じゃなくなったのに

きっかけは脱水されたジーパンがつよく絡まりあっていたこと

銅像にだけ吹いている風をみて　やる気があれば門下になれる

いったんは手に入れかけたはずだったあれとこれ　車止めに座って

いい匂いの葉っぱだらけの西友の野菜売り場の意思決定よ

時給制で幽霊をやっているのね　スパンコールのように光って

ゆうぐれには無限の可能性がある　試食を口にいれてまわった

原曲をよく知らなくてできとうなドナドナをくりかえし逃げ切る

両手

短歌のために両手を空けて生きてきた。ちゃんと「働く」をやったことがない。ちゃんとやったことがないものはほかにもたくさんあるが、代表的なものは「働く」だと思う。なし崩し的に子どもじゃなくなり、学生じゃなくなり（「卒業」もちゃんとやったことがないもののひとつだ）、正しい「働く」をやるきっかけがつかめなかった。仮にきっかけがあったとしても、やる気もなかったのだと思う。つまり、厳密にいうと「短歌のために両手を空けて生きてきた」は嘘だ。両手はそもそも空いていて、その両手で短歌を抱きかかえていただけ。

しかし、わたしにとって人生の選択とはだいたいそういうものだ。なにかを選び取ることが苦手で、あれとこれのどちらが自分に必要なのかがわからない。そうすると、結局どっちも得られず、手元にはあれでもこれでもないほんのわずかな貧しいものしか残らない。その結果をもって意思決定の代わりにしている気がする。だから、空いた手で短歌をやっていることは結果論ではあるのだが、わたしにとってはやはり「短歌のために両手を空けて生きてきた」なのだった。

わたしはアルバイトをつないで食べている。非正規雇用で、なんのキャリアも積まず、時給制で適当に働くことでギリギリの生活を成り立たせるシステムは、運用者の若さと健康に依存することになる。若さと健康はもちろん目減りしていくものなので、基本的には持続不可能なシステムだ。もうすこし体力がなくなったら、なにか大きな病気をしたら、急に大きな支出が発生したら、これらは今後当然起こり得る可能性だけど、その瞬間にわたしの生活は詰むのだと思う。そして、そういった可能性から奇跡的に逃げ切ったところで、たぶん老後は無理だ。

なぜかわたしは焦ったことがない。もう死んでいるのかもしれないとよく思う。でも、もう死んでいるのかもしれない人間にしかできない仕事というものもあるじゃない？

平岡直子（ひらおか・なおこ） 歌人
一九八四年川崎市生まれ、長野県育ち、東京都在住。二〇一二年、連作「光と、ひかりの届く先」で第二三回歌壇賞、二二年、歌集『みじかい髪も長い髪も炎』（本阿弥書店）で第六六回現代歌人協会賞受賞。その他の著書は川柳句集『Ladies and』（左右社）。「外出」同人。

額縁になる

塚田千束

みな誰の声をしるべに生きている氷雨しずかにつま先濡らし

顔ひとつつけかえるよう冷え切った白衣にしんと袖をとおして

本当は触れた人しかわからないなにもいえないすごい雪だよ

冷蔵庫　腐り落ちないよういまの私をつめこみ扉をしめた

ひとつずつ薪のように火にくべて爆ぜて消えゆく旧姓たちだ

ふれあいが情報になる内側につめたき瞳を抱いて回診

ひとりの生、ひとりの死までの道のりをカルテに記しはるけき雪原

来世には額縁になるやさしくてうつくしいものだけを映すよ

あなたのことを考えている

「医療というのはすべて侵害行為です」

大学一年生のなにかの授業でそう聞いたことを思い出す。いや、すこしちがう、常に頭にちらついている。

他人の体に傷をつけるのは当たり前に犯罪行為だ。しかし医療行為という建前をふりかざし、医療者は針をさし、メスで体を切り、副作用もある薬を投与する。デメリットよりメリットが大きいからという理由で、説明で、患者は起こり得るいやなことも込みで医療行為を受け入れざるを得ない、のだろう。

海よりも深く青い覆布(ドレープ)をかけてぽっかり切り抜かれた円の中にみえる肌に針を刺すとき、私はいったい何をしているんだろう、と我に返ることがある。化学療法の副作用を説明しながら、なんでこんなに恐ろしい薬を使わなければならないのだ、と相手の眼にひるみそうになる。医療は常に進歩し続けている。少しでも効果の得られる、副作用の少ない薬を求めて、侵襲(しんしゅう)の少ない手術方法を探して、起こり得る副反応を可能な限り予防して、早めに察知して対応して、ずっと担当患者のことを考えている。ずっとずっとあなたのことを考えている。保育園へのお迎えの運転中に、夜眠る間際に、なにかとりこぼしはないか、明日のＩＣ（インフォームドコンセント）はどうしようか、明日こうだったらこの可能性を考えてあの検査を追加したほうがいいかもしれない。ずっとずっと、考えている。

私は常に誰かを傷つけているということを忘れない。病名告知で泣かせてしまった相手を、再発を告げた部屋の静けさを、お見送りのために外の扉をあけ吹き込んでくる真冬の夜の冷気を。医療の限界を知りながら、まるでなんでもわかっています、だから大丈夫ですよとふるまうのは欺瞞(ぎまん)なのかもしれない。それでも、不安もつらさも取りされないのなら、すこしでも考え続けるしかないのだろう、私の判断がそのままその人の人生に影響を与えるのだと、考えながら今日も病棟へ向かう。

塚田千束（つかだ・ちづか）　歌人・医師
一九八七年北海道生まれ、在住。第六四回短歌研究新人賞受賞。第一歌集『アスパラと潮騒』（短歌研究社）。短歌結社「まひる野」所属、「ランデヴー」同人。Twitter：@a_oneko

労働讃歌

上坂あゆ美

またやってしまったのだと気づくときあなたが吐いた二酸化炭素

地球には性別というものがある　謝らないでよ、悪くないのに

いつもありがとう青汁　健やかな自傷行為をしてからねむる

四時間の会議を終えたパソコンが体液のごとまだあたたかい

二時に寝て五時に起きてもアイドルは画面の中で微笑んでいた

録音のような敬語を繰り返し母国のことばが話せなくなる

辞めようと思うよなんてそんなことラーメン二郎の前で言うなよ

わたしたち雄でも雌でもなくてただくすまぬままの空が見たかった

いつも心にナポリタン

あの頃、私は苦学生だった。貧しい母子家庭なのに東京の私立大学に通わせてもらったため、奨学金を満額借りて、さまざまなバイトをしながらなんとか学生をしていた。上京と言いつつほぼ神奈川にあった六畳一間には、とぐろを巻く蛇のような形をした電気コンロが一台だけあって、私はそれでさまざまな料理を生み出した。外食をする余裕なんてなかったからだ。中でもよく作っていたのは、シメジだけを具にしたナポリタン。給料日後にはチーズものせた。

その頃の私は、とにかく人から舐められない存在になりたかった。とあるお金持ちの女の子から、「水商売なんてしやがって」と陰口を叩かれたせいかもしれない。一目置かれるような職業に就き、お金をたくさん稼いでやるんだ、今に見てろと、ケチャップまみれの口を拭きながら思った。

大学卒業後、広告業界に就職し、家族で唯一のサラリーマンになった。

毎日終電まで働くような時期もあったが、学生時代よりはずっと楽だった。周囲に馴染めず、目的が不明なままXの値を解かされたり、謎の校則に縛られていた日々に比べれば、「会社に利益をもたらせ」というルールは、とてもシンプルで納得できるものだった。

労働は思いのほか性に合っていて、年々給与は上がっていった。奨学金は少し前に完済した。会食で色々なお店にも連れて行ってもらったし、自分で稼いだお金で食べる寿司はうまかった。友達もたくさんできた。急に四〇度の熱が出て、病院に行くお金がなくて、友達もいないから一人で泣くみたいな夜は、きっともう来ないだろう。

労働は私に、自由と自信を与えてくれた。ふと最近になって、かつての貧乏レシピでナポリタンを作ってみた。そのナポリタンは意外と、とてもとても美味しかった。思い出補正で美味しく感じられるとかいう意味ではなくて、お店で出せそうなくらい普通に美味しかったのである。いや不味(まず)くねーのかよ、と思って笑ってしまった。

上坂あゆ美（うえさか・あゆみ）　**歌人・エッセイスト**
一九九一年静岡県生まれ。著書は、第一歌集『老人ホームで死ぬほどモテたい』（書肆侃侃房）、ポケットアンソロジー「無害老人計画」（田畑書店）、岡本真帆との共著『「老人ホームで死ぬほどモテたい」と「水上バス浅草行き」を読む』（ナナロク社）。
Twitter：@aymusk

女が働く現場から

まだ産める

本多真弓

紙ゴミを捨てにゆくたび道長と紫式部のこゑが聞こえる

玉の緒のあひだも置かずやってくるノルマ・しめきり・ノルマ・しめきり

ＡＩにやってもらへば一秒もかからぬ作業　一日かけて

わたくしがまだヒューマンであるがゆゑヒューマンエラーをすぽんと
（産／埋）める

ノルマとは何処の言葉か調べたらシベリア抑留者まで辿りつく

タマシヒノクロイヒトホドシユツセスル　マクドナルドで女子高生が

清濁をあはせのめない体質も父親からのかなしい遺伝

定年はした、した、したと近づきぬ　ＤＸの波とほきまま

パンの耳

一九八七年夏、地元企業の面接。「わが社では女性は二五歳が定年です。」と面接官はのたもうた。「えっ？　そのあとはどうやって生きていったらいいんですか？？」とわたしは叫び、椅子を蹴倒して退室した。さすがに椅子は蹴倒さなかったか。

友人たちが大手企業からさくさく内定をもらうのを横目でみながら、就職先が決まらないまま卒業。数ヶ月、時給六〇〇円のアルバイトで東京にしがみついた。その頃パン屋へいくと、切り落としたパンの耳をただでもらえた。もちろんもらった。

「とらばーゆ」という〝女性対象〟転職情報誌に載っていた小さな会社へ面接にゆき「新卒ニアリーイコールなので、わたしはお買い得だと思います」とアピールして合格。正社員なるものになった。ボーナスはなかった。

一九九〇年、新聞広告を見て現職へ応募。企画書持参で面接に臨んだ。ここに入れば会いたい人に会えるという途轍（とてつ）もなく不純な動機があった。会えた。

三〇歳になる頃、大手企業に就職した友人たちは、なんだかんだで結婚退職していた。

彼女たちが結婚退職をしたかったのか、せざるを得なかったのかはわからない。気がつけば新卒での就職に失敗したわたしと、出版社勤務のJだけが働き続けていた。

二〇二三年、転職サービスのアプリを覗いてみた。必要とされる資格が列挙されているが、書かれているカタカナや英文字がわたしにはまったく理解できない。必要とされる資質や性格は理解できたが、わたしにはまったくない。

あと二年で定年だ。

本多真弓（ほんだ・まゆみ）　歌人・会社員
一九六五年生まれ。第一歌集『猫は踏まずに』（六花書林）。体力と時間のあるかぎり、映画を見続けています。最近の推しは中島歩さん。未来短歌会所属。Twitter：@mymhnd

陣中見舞い

浅田瑠衣

束ねられて（女性陣）として座る　お通しの数がたぶん合わない

華のある／なしってなんだ　居酒屋の隅の造花に埃しんしんと

「主婦合格！」と言われてからは丁寧に盛れなくなった　ごめんなレタス

こちら側へ置かれた瓶も徳利も今だけ陣地を貸しているだけ

業界の未来を語るおじいさんおじさんおじさんおじいさんおじ

「これ言うと怒られそう」はむしろ助走「だけど」で退路を絶たれて気づく

決まり字を聞いてかるたを取るように口口口を封じたかった

黙々とお酌していた彼女が笑い、ようやく私たちの最寄駅

私、同僚、エマ・ワトソン

「えっ。もしかしてエマ・ワトソンと同じですか、生年月日」

私が頷くと、仲の良い同僚は「まじか」を繰り返した。

「ということは、浅田さんとエマ・ワトソンはスタートラインが同じだった。それから同じ回数だけ寝て起きて、同じ回数だけご飯を食べたことになりますよね。なのに、どうしてこんなに違っちゃったんだろう……」

いやいや、とっても失礼。納期が迫っているときにするような話でもない。だが、つい付き合いたくなってしまう。

「生まれる前からいろいろ違いますって。寝たり食べたりする回数だって同じなわけないですよ。たぶん俳優はお菓子もこんなに食べないでしょう」

と言って、私は棚からせんべいを一枚取った。

「エマ・ワトソンってせんべい知ってますかね？」

「うーん、知ってたらなんか嬉しいですよね」

その会話の後、私はエマ・ワトソンの動画を久しぶりに見てみた。二〇一四年に国連で性差別に反対するスピーチをしたときのものだ。「やっぱり自分とは全然違う……」と思いながらも、私は彼女の言葉に何度も頷いた。


同僚は転職し、札幌から東京へ引っ越したが、ときどき電話で近況を報告し合っている。

「飲み会でそういうこと言われたら嫌ですよね？」

「嫌です！　っていうか、それ最悪ですね」

同じ職場に勤務し、同じ上司の指示を受けて、同じ時間に弁当を食べた人。でも今は違う。違うのに、何かが同じだから、わかりあえる瞬間がある。

もちろん、その何かには不愉快な経験やきつい現実も含まれているから、手放しで喜べないことを知っている。だが、わかりあえた瞬間、どうしようもなく力が湧く。


元同僚のように遠い街に住む人や、エマ・ワトソンのように自分とは縁のない仕事や生活をしている人、異なる年齢や性別の人、趣味の合わない人――。そんな人たちとも手を取り合える可能性があると知っているからこそ、当然のようにお酌を強いられても絶望しない。私にも私たちにも、反撃のチャンスはある。

浅田瑠衣（あさだ・るい）　会社員

一九九〇年生まれ、北海道札幌市在住。ゆとり世代フェミニズム発行のＺＩＮＥ『呪詛』に短歌を寄稿している。

剪定

道券はな

切れ味の鈍いはさみを入れられて紙はつかの間身悶えをする

直接の指摘を避ける傷みやすい果実を前にしているようで

暮れなずむ窓辺の席で赤ペンに剪定されてゆく言葉たち

内臓を落としたような肌ざむさ暗い踊り場から見おろせば

同僚は永くうつむく道の辺に踏まれて締まる雪のかたさに

感情はひかりの粒に結晶しうすいまぶたをこぼれてゆく

夕暮れの通用口に靴箱の数だけ影はしまわれている

うすあおい付箋は落ちるしらじらと花びらが花を離れるように

お菓子

新卒の頃、初めての上司は女性だった。彼女は舞台映えしそうな長身で、愛車のアウディがよく似合っていた。初対面で「辛かったら泣きにおいでや」と言われ、「泣くほど厳しい職場なのか」と怯えたが、後になって、彼女は初対面の若い職員には決まってそう声をかけるらしいことがわかった。

上司としての彼女について、同僚間では女性ならではの良い点、悪い点のような話題で語られることが多かった。私にとっては初めての上司で比較対象が無かったので、それが正当なものなのかは判断できなかったが、私はその頃から、そして今でも、一貫して彼女が好きだ。長い残業の後、うまくいかないこと続きで涙ぐみながら退勤しようとしている時、通用口で呼び止めてお菓子を手渡してくれた上司は、彼女だけだ。「施錠するから」と促され、おびただしい量の仕事を残して職場を出る時、握りしめたうさぎのアイシングクッキーだけが、何やら手元にあたたかく灯(とも)っているような気がした。

それから何年かが経ち、私にも後輩ができた。彼女のように快活に話しかけることはできないが、せめて、泣いている時に手渡せるように、机のなかにお菓子を常備している。

道券はな（どうけん・はな）　**歌人・教育関連職**
奈良県生まれ。第六六回角川短歌賞受賞。未来短歌会所属。Twitter：@peter_pan_co

誤魔化さない

十和田 有／ひらりさ

金属を鋳型に流す工程を思い浮かべて打刻している

パンプスが人間性を締め付けてここから先は狭くなる道

正論を飲み込み撫でる窓際のフィカス・ベンガレンシスの喉

心音を誤魔化すように打鍵して外れた［T］が多分たましい

キーボードに置いた手首にギロチンが落ちてきたなら自由だろうか

自己啓発本を読んでも奥底に制御できない電流がある

内心は内心のまま真向かいの鋭角的なセブンイレブン

白シャツでカレーうどんを食べながら悪辣に生きのびると決めた

ダイオウイカのままで

肩書を引き受ける覚悟がない。だから、歌人ではない。短歌作り始めたばかりだし……以前の問題だ。自分をエッセイストやコラムニストや作家だと思ったこともない。最近はライター、文筆家あたりを苦し紛れに名乗っているけれど、本当に苦し紛れだ。会社でも、転職するたびに職業を変えている。編集者もゲームプランナーもメディアコンサルタントももうやめてしまった。何もかも名乗らないために、「女」にだけはこだわっているような気すらしてくる。

長くスランプに陥っていた作家の友人に良かれと思い、自分に依頼がきたゴーストライターの仕事を分担しない？　と誘ったことがある。編集者との打ち合わせにふたりで出てなごやかに歓談し、最初の取材日程まで話して、表参道のスターバックスを出たあと、一緒に乗った帰りのエレベーターで、その人がぼろぼろと泣き出した。その涙を見て、わたしは、やってしまったという反省と、正直めんどくせえなという苛立（いらだ）ちと、やっぱりそうかという羨ましさを感じた。彼女にも編集者にも、わたしが謝った。女には優しく、才能に人生を賭けている女にはもっと優しく。

引き受けていないのは、会社という場所では、引き受けずとも生きていけるからでもある。組織に所属しながら名乗る肩書だって無数にある。しかし、そこにこだわりをもって「それはわたしの仕事ではありません」と言う人よりは「わかりました！　これ拾っておきますね」と言える人のほうが支持される。巨大な軟体生物のように、わたしは会社の中で身をくねらせ、置かれた場所の隙間を埋める対価を得てきた。すごく得意ではないが、そこそこ得意だ。「会社で給料が稼げる人には私の気持ちは一生わからないよ」と言われるくらいには。

でも、と思う。短歌を詠み新しい筆名を持つことにしたのは、「給料が稼げる人」以外を引き受けたくなったからなのかもしれない。とはいえ、特定の肩書にアイデンティティーを持つかはわからない。わたしはあなたをもう羨ましがらないし、優しくもしない。あなたの矜持に鈍感で、今日も給料を稼いでしまう女の視点でこそ、表現できるもののために。

十和田 有（とわだ・ゆう）／ひらりさ
一九八九年東京都生まれ。ＩＴ系企業を転々としながら、二〇一七年よりオタク女子ユニット「劇団雌猫」として企画・執筆活動を開始。さらに「ひらりさ」名義でも、インタビューやエッセイの執筆を行う。近刊『それでも女をやっていく』（ワニブックス）。Twitter：@sarirahira

ヒューマン・ライツ

北山あさひ

京都大学が開発した〈同調笑い〉をするロボット「ＥＲＩＣＡ」のニュース
ロボットもニュースも男がつくるものビルは勃ちわたしは製氷器

女はロボット　おまえもロボット　封筒に戻して白い火をつけました

はつあきの肋骨雲のしずかなる総崩れ見ゆドアを閉じても

ロボットになってしまった人間の女もいるよ　鉄の電波塔

伝わらない言葉のようにほおづきやアンドロメダの臍は灯るも

在京・在阪のテレビ局で、コンテンツ制作部門（報道局、情報制作局、制作局、スポーツ局）の最高責任者に女性は一人もいなかった。――民放労連「民放テレビ・ラジオ局の女性割合調査　結果報告」（二〇二二年七月一四日）

狂うなよ　ストップウォッチのねじを巻き秒針分針味方につける

「そうですか〜、あはは、ウフフ」の時は過ぎ吹雪に烟（けむ）る白樺並木

永遠に泣かないエリカ　コピー機のそばの窓から星を探した

本があるのに

二〇二一年の五月、職場（テレビ局）の棚にちいさな「図書館」を作った。某テレビ番組で放送されたアイヌの人びとへの差別発言がきっかけだった。アイヌの問題だけでなく、ジェンダーや人権についてみんなで学べる環境が必要だと思い、家にある本を持って行ったり、所属する映像制作会社の書籍購入費補助制度を利用して棚を埋めていった。

たとえば『イランカラㇷ゚テ　アイヌ民族を知っていますか？』（アイヌ民族に関する人権教育の会監修／明石書店）、『差別はたいてい悪意のない人がする』（キム・ジヘ／大月書店）、『失敗しないためのジェンダー表現ガイドブック』（新聞労連ジェンダー表現ガイドブック編集チーム／小学館）、『決定版　日本という国』（小熊英二／新曜社）、『82年生まれ、キム・ジヨン』（チョ・ナムジュ／筑摩書房）、『母ではなくて、親になる』（山崎ナオコーラ／河出書房新社）、『ミライの授業』（瀧本哲史／講談社）など。

「図書委員」は私と、隣の席の先輩。ほぼ毎月、それぞれ興味のある本をチョイスして棚に並べる（最初は二段だったのが、部長の許可を得て三段に拡張された）。「図書館だより」も作成して配信し、バックナンバーはファイルに綴じて棚に収めてある。たまに棚を総入れ替えして特集も組む。しかし、残念ながら利用者は少ない。ときどき「その本おもしろそうだね」などと声をかけてくれる人はいるけれど、いまだにほとんどの本が、手付かずのまま、行儀よく整列している。

テレビを作る人間に必要なのは批評だと思う。それはずっと前から本の中にある。

北山あさひ（きたやま・あさひ）　歌人・テレビ番組制作スタッフ
一九八三年北海道小樽市生まれ、札幌市在住。第七回現代短歌社賞を受賞。二〇二〇年、歌集『崖にて』（現代短歌社）で第六五回現代歌人協会賞、第二七回日本歌人クラブ新人賞、第三六回北海道新聞短歌賞受賞。短歌結社「まひる野」所属。札幌市内のテレビ局でタイムキーパーとして働く。

ほのあかるいな

井上法子

日銀を白銀と読み間違えてほのあかるいな今朝の紙面は

にんげんの世界で広く告げられる煌めきの値をはかろうとする

虚業だなんてさみしいことば　おかえりよ　からっぽの雑踏のもとへと

こころここにあらずと言われ、でも雪の気配に気づく誰よりも早く

あかねさすまなこをしばしやすませる部長は海を見るような目で

外階段に坐ってそっと吸うたばこ。密かに冬の風も呼びつつ

暁に群れをなす鳩（ああなんて詩はことごとくやさしくて無為）

今朝も今宵もみな揺れながら運ばれる秘宝のようにかばんを抱いて

いつか

平日の週五日、会社員として働いている。休日は大学院生として博士論文の執筆を進め（たいところだけど、なかなか……）、そして毎日、こうして原稿を書いている。

これらすべてが、わたしにとってかけがえのない大切なもの。一日が二四時間ではとても足りないと、長いこと思い続けている。

ときおり体力・気力の限界がやってきて、昏々と眠り込むことがある。ぼんやりとしたあたまで思い返すのは、異なるたましいの位相を抱えて生きるひとびとのこと。療養中の妻の看病をしながら、父親としての役割を果たしつつ、研究者として第一線を走り続ける指導教員は、とか、いくつかの企業の経営者としての顔をもつ社長は、とか、休日はＤＪとしてフロアを沸かすらしい上司は、とか、そもそも専業作家の少ないジャンルであるゆえ、二足のわらじを履き続けている歌人のみなさんは、とか。ここで自然と発生する、ふしぎな男女比について、とか。

「女。文系。大学院。一番にならなきゃ人生詰む」

「女性は専業主婦になって、夫に稼いでもらえたら、研究が続けられるから良いよね」

「女性にはわからない感覚かもしれませんね」

「〝女流歌人〟の」……

すっかり忘れていたけれど、そう努めていたけれど、似たような言葉を浴びたことのあるひとは、きっとたくさんいるのだろう。そうして、いつしかつぎつぎと露わにされる、染みついたジェンダー・ロール。まっすぐでない認識は、通じない言葉や聴こえない叫びは、まだまだ、この世界には山ほどあるのだろう。

働きながら、研究をしながら、執筆をしながら……というディメンションを抱えるようになって、いつからかロール・モデルというものを持た（て）なくなった。たのしくもがきながら生を歩んでいるのだけれど、社会の荒波に揉まれる、というよりかは、異なる潮の遠鳴りを聴き分けるような感覚で、うつつとされる世を渡ってゆけたらと思う。

すでにいま在るものに対して、いつか届く、とは思っていない。それでも日々、試行錯誤をくりかえしながら、他者と言葉を交えながら、世界と視線を交わしながら、ひとりのにんげんとして、考えつづけたい。未来の、わたしたちに、すべてのあなたに、できるかぎりやさしい世界をてわたしたい。そして、いつかこの文章を読み返して、こんな時代もあったんだね、信じられない、と笑ってほしい。

井上法子（いのうえ・のりこ） 歌人・大学院生・会社員
一九九〇年生まれ。第一歌集『永遠でないほうの火』（書肆侃侃房）。マーケティングリサーチの会社で調査・分析をしています。Twitter：@kc_opium0

オレンジジュース

飯田有子

推しアイドルの写真とゲラに埋もれてる机の主は残業多し

華やかなファッション誌ゲラの束どさりと置く人の胸のよれたネクタイ

気になる表現についてゲラに書き込む
「この表現、傷つく人がいるのでは……」消して迷ってまた書きこんでいる

採用面接はアクリル板をはさんで

子供時代好きだった絵本を尋ねれば初めて笑みを見せる学生

怒り肩みたいな形のサボテンに水やる怒りの失せた夕方

ヘビ、トカゲ大の苦手な後輩が図鑑のゲラを薄目でにらむ

マスクした絵文字さがせば笑顔しかなくて笑顔のままで送信

誤字憎し時にはたのし　淡々麺、幸子明太子、オレンチジュース

書庫の女たち

校閲部のフロアは仕事柄いつも静まりかえっている。小さな声でもよく響く。そのため、少し離れた書庫がちょっとした密談の場となっている。

「実は妊娠しまして」

「実は家族が転勤するので仕事を続けられなくて……」

紙とほこりの匂いのする狭い小部屋で、何度女性たちからこのような話をきいたことだろう。

自分が妊娠したときのやりとりを思い出す。昔むかし、一九九〇年代のことだ。上司は開口一番「君ぃ、困るよ」と言った。働く女として初めてのハードルだった。

しかし最近、ようすが変わってきた。

「実は妊娠しまして。夫と交代で育休をとる予定です」

後輩が笑顔でいう。私もにっこりして「おめでとう！」という。いい時代になりました。

「つかれた顔してるね、どうしたの」

書庫でぼうっと書棚を見ていたら、声をかけられた。

「Aさん。実は……」いろんな部署を経験してきた大ベテランの先輩に、つい愚痴をいってしまう。何度きいても返事がこない案件のこと。

「女だからってなめられてるのね。メールの宛先にccで誰か男の名前をいれてごらん。返事来るわよ」

と、Aさんはタバコをふかす真似(まね)をして笑った（もちろん書庫は火気厳禁です）。

これもだいぶ前のこと。ハスキーボイスのかっこよかった先輩、お元気ですか。今はもうccに男性をいれなくても返信が来ます。


校正の方法として、二人組でおこなう「読み合わせ」というものがある。片方が音読し、片方はそれを聞きながら文字をチェックする。

ある日、小説の読み合わせを書庫でしていた。思いがけず大胆な、というかダイレクトなセックス描写が出てきた。

「ちょっ、ちょっとストップ。ごめんね、こういうの音読させちゃって」

「全然かまいませんよー」若い後輩は冷静に読み上げてくれる。私が気を回しすぎだった。

「そういえば」読み終えてから後輩がいう。「新人のとき、私にだけヌードグラビアが回ってこなかったんです。あれ、私が女だからチーフが気を遣ってくれてたんですね」

「チーフ、いい人だね。でも仕事だものね」

「ふふ、仕事ですからね」

書庫を出るとあいかわらずフロアは静か。さて、つづけますか、仕事。

飯田有子（いいだ・ありこ）　歌人・会社員
一九六八年群馬県生まれ、福島県育ち。二〇〇一年に第一歌集『林檎貫通式』刊行、二〇二〇年に増補復刊（書肆侃侃房）。出版社勤務。短歌結社「まひる野」「早稲田短歌会」「かばん」などに所属したのち、現在無所属。

だいじょうぶじゃないとき

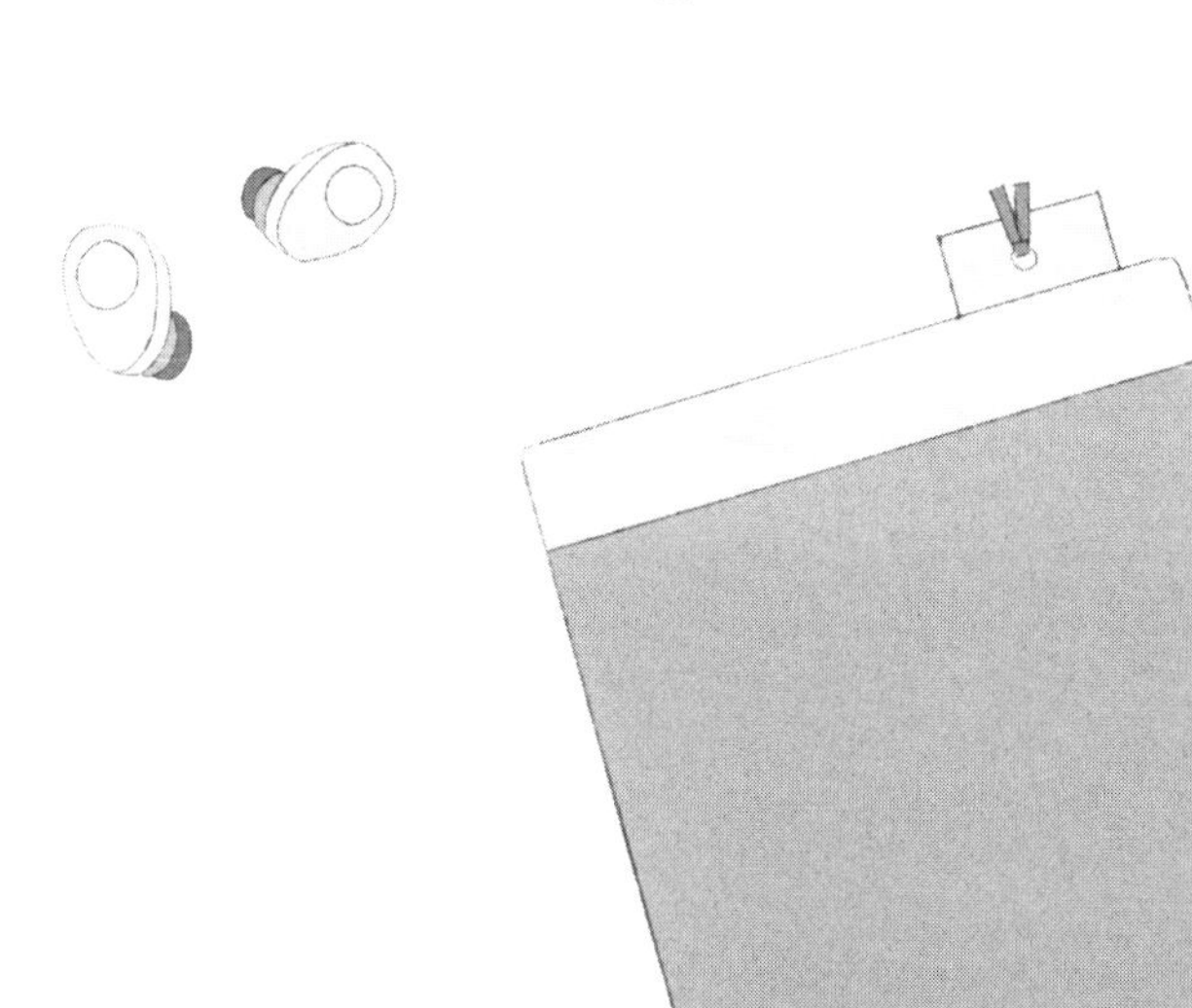

笑ってばかり

田丸まひる

夕陽色の cheekbone をマスクから覗かせて無理に笑わなくても

消えたさがつづられている丁寧に舟のかたちに折られた手紙

ＣＤをガチで虚空に積んでいく（あの子のため）（わたしのため）（生き延びるため）

推しへの課金とリスカをやめる方法を聞かれる線香花火のように

いつもやたらと空腹になる外来の崩さずに噛むカロリーメイト

アイドルが規則正しい生活をしているだけで救われる（YES・NO）

暗闇に溶け込んでいく馬の仔の眼差しきみのことを知りたい

それぞれの推しの近況伝え合うのちでも触れられない本心は

「大変でしょう」と言われるけれど

ある日の昼下がり、診察室の机の上に置いてあるわたしのスマートフォンの画面がたまたまついていて、待ち受けにしている宮本佳林ちゃんの画像が映し出された。「先生、それ誰？」と聞かれた瞬間に「ハロー！プロジェクトって知ってる？　モーニング娘。とかが所属していて、そこのJuice=Juiceっていうグループの元メンバーで」と語りたいのをぐっとこらえる……ことはできなかった。

が、そこでとどめて、あなたの推しの話を聞かせて、好きなものを教えてという話に軌道修正をした。

児童思春期の精神科の診療をしていると話すと「大変でしょう」と言われることが多い。たしかに大変だと思う。無邪気に近づいてきてくれる小さな子もいれば、きれいごとを言うなと鋭い目でにらんでくる思春期の子も、診察室でも過剰な気遣いをして笑ってくれる子もいる。

一〇代の時は毎回張りつめた空気で来ていた子が、数年たってびっくりするほど穏やかになることもある。「分かる」なんて簡単に言えなくていつも手探りの状態だ。

例えばかつて学校に行かない日が続いていたわたしと、今学校に行かない、行けない子たちはみんなそれぞれ違う。同じように「死にたい」「消えたい」という言葉だって、その要素も理由もその子のオリジナルで、他の誰とも同じではない。

だからこそ、困りごとの話の合間にあなたの好きなことの話もしたい。漫画、ゲーム、アイドル……。推しの話で打ち解けたからって、心を開いてもらえるわけじゃないけれど。日常の小さな出来事に傷つく柔らかい感性も、とげとげしくなることでしか保てないその優しさも、全部あなただけのものだ。それを守れるのはあなただけだけど、ほんの少しその手伝いをできればと思う。

診察室では分かった風に心の安定のために規則正しい生活をしましょう、外に出ましょうと言いながら、わたし自身は朝に起きたくないし、できれば引きこもってパジャマのままで積読を消化して、推しの応援をしていたい。そんな話もしながら、どこかの明日で笑い合いたい。

田丸まひる（たまる・まひる）　歌人・精神科医

一九八三年徳島県生まれ。趣味は宮本佳林さんとハロー！プロジェクトの応援。好きなサンリオキャラクターは、こぎみゅん。歌集『晴れのち神様』（絶版）、『硝子のボレット』『ピース降る』（共に書肆侃侃房）。未来短歌会、徳島文学協会に所属。「七曜」同人。短歌ユニット「ぺんぎんぱんつ」の一人。Twitter：@MahiruTamaru

たびびと

田口綾子

ご検討くださいますか泡のやうに消ゆといふその泡のことなど

五階の窓ほそく開くればカーテンのいやいやをするやうに揺れたり

世になく清らなる玉の男皇子さへ生まれ給ひぬ。

その「ぬ」が打消ならば皇子は生まれずに始まらざりけむ物語あり

クシャナ殿下ならましかばこの教室に幾度「薙ぎ払へ！」と叫ばまし

Burn Out のバーンのあたりで燃え尽きてアウトは空を見上ぐるばかり

折々の花は撮るべしわれこそは単年度契約の身なれば

旅人は望みて旅に出づるひとわれは追ひ出され次を探すひと

教材作りしつつ忘れぬまへがみを留めたる百均クリップのこと

ずたずた

生活のために働いている。それ以上でも以下でもない。なのに、どうして毎日こんなにずたずたになるんだろう。

理由はだいたい分かっている。（一部の）生徒たちが古典に向ける「つまらない」「役に立たない」「意味がない」という感情を、そのまま自分に対する「つまらない」「役に立たない」「意味がない」という評価として受け取ってしまっているからだ。古典を教えることしかできない私はつまらない人間で、社会的に何の役にも立たなくて生きている意味もない存在であるということを、授業一コマごとに嫌というほど味わわされる。特に理系の生徒たちからしてみれば、非常勤で比較的若手の女で古典を教えることしかできない私のような存在は、社会の底辺層にしか見えないのだろう。古典の時間の理系教室は生ぬるい嘲笑と蔑視に満ち満ちていて、呼吸をすればするほど苦しくなる。

なまじ、私自身が古典というものをちょっと好きなのがまずい。自分の好きなものが、目の前の四〇人の足元でぐちゃぐちゃに踏みにじられてゆくのが見えてしまう。ごめんね六条御息所。ごめんね項王。ごめんね木曽義仲。あなたたちの悲嘆も苦悩もこんなに美しいのに、生徒たちにそれを届けるためには、私の力が足りなかった。「一コマあたり○○○○円」っていう額以上には頑張った気がするんだけど、というか頑張っても（頑張らなくても）「一コマあたり○○○○円」っていうのは変わらないし来年度また契約してもらえる保証もないんだけど、とにかく私の力が足りなかったんだ。申し訳ない。

働くことによって、誰しもが何かしらを犠牲にしているのだと思う。たまたま私の場合は、それが自分の好きなものと自分自身の心だったというだけだ。今日もまた力不足ゆえに教材を傷つけながら、そしてそのことに苦しみながら、生活のためのごくわずかなお金を得るしかない。

田口綾子（たぐち・あやこ）　歌人・私立高校非常勤講師
一九八六年茨城県水戸市生まれ。二〇〇五年、大学進学と同時に「早稲田短歌会」入会。〇八年、「冬の火」三〇首で第五一回短歌研究新人賞、一九年、第一歌集『かざぐるま』（短歌研究社）で第一九回現代短歌新人賞受賞。短歌結社「まひる野」所属。

床の面積

花山周子

下校した娘には休む場所である家であるゆえひろがれる娘

床の面積が心の面積　然(しか)れども地獄絵図のごとき床を見降ろす

ＰＴＡ広報パンフ担当

運動会の写真の嵩(かさ)が重くするＰＣ画面　刻々と夜

今の時代に自分が生きていることが深い謎なり便利だけれど

ねむったら眠り足りるということも本当のように冬が近づく

北風と太陽の話は子育てにも通じる気がして微笑(ほほえ)んでみるが

大変だった仕事のお金月末に家賃で消える鼠(ねずみ)のように

うつせみの熱を出すにも言い訳がいる２０２２年も　陰性でした

分裂

家で仕事をしている。一一年前、子供を一人で育てることになり、それまでバイトと並行しながら在宅でやっていた装幀の仕事を続けていくことにした。フリーランスだからできた選択だったが、フリーランスなんていつ仕事をもらえなくなるかわからない。出産した翌日も持ち込んだパソコンで仕事をしていた。

今、娘も一〇歳になり、ここで仕事をするのは限界になってきている。六畳間の娘とわたしの寝室の半分を仕事場にしているのだけど、仕事の本や資料が溢れ、加えて娘の物も当然に増え、そして彼女自体が大きくなった。大きくなったといっても子供には違いない。その図体で風船をついたり、踊り歌い狂ったり、わたしの仕事机の背後で色々なことが行われる。ときに、仕事机に色々なものが飛んでくる。頼むからやめてくれと念仏のように唱えながら仕事を続行する。地獄絵図のように家は散らかり、仕事の資料も本も道具も紛失する。煮詰まって、ケンカをする。アパートの壁は隣のうちの話し声が聞こえるほど薄いので、申し訳ない、申し訳ないと思いながら、ときに大ゲンカする。

ドアを開けると女性二人が立っていた。児童相談所の者です。と挨拶された。突っ立ったまま頭が白くなり、落ち着こうと思っても向こうの話がよく聞き取れない。通報があったので、と言っている。すみません、すみません、と言う。声がうわずる。自分の発言が全て言い訳がましく思える。でも、ほんとなんです。ケンカはするけど仲はいいんです。階下から娘の歌声が聞こえて来た。あ、帰ってきましたね、どうぞ話してください、と言って、私は娘と女性二人を外に残してドアを閉め、仕事机に戻った。死にたくなった。娘ともしも暮らせなくなるようなことになったら、そう思うと心臓を包丁で抉られるような苦痛が走る。社会に心配されること、それがとてもありがたく社会の大事な機能なことも知っている。虐待のニュースを見るたびに、その子を誰も助けてあげられなかったことをずっと考えてしまう。そして全く違う方角から不安が過る。娘が赤ちゃんの頃からその時々で、彼女がどうにもならないほど暴れ泣き叫ぶことはあって、自分もまた凄まじく怒鳴ることがあって、そうやってガス抜きすることは必要で、でも、そのたびに、近所迷惑になっていることに気がきでなく、いつか通報されるのではないかと恐れてきた。

装幀の仕事も短歌の仕事も好きで、娘との生活は大事で、ただ、それらが全く別のもののとして自分の中に屹立（きつりつ）していて、装幀はゲラを読み込んでビジュアルに還元していく、言葉を喪失していく作業で、短歌は言葉を創出する作業で、子供との生活は時間も思考も寸断する。どれにも喜びがあって、そして、ばらばらだ。いつも自分が分裂しているような感覚がある。その分裂自体はいい。ただ、子供を育てていかなければならない責任のなかでは、子供との巣穴にいるような状態で社会人であろうとすることの、自らの中に生じてしまった分裂はやっかいで、取り繕うことに必死だった。そうしなければ、二人が社会から取り残されてしまうと思った。だけど、歪はどんどん大きくなって、コロナのこともあってか、一昨年末歌も文章も書けなくなった。平穏になだらかになど日々は過ぎてくれない。
娘が家に入ってきた。ほんとのこと言った方がいいと思ったから、ケンカはするけど仲いいです、って言った。と娘は言った。

花山周子（はなやま・しゅうこ）　**歌人・装幀家**
一九八〇年東京都生まれ、千葉県育ち。二〇二一年末に「塔」短歌会を退会。現在は「外出」同人、今橋愛との「主婦と兼業」で活動中。歌集『屋上の人屋上の鳥』（ながらみ書房）、『風とマルス』（青磁社）、『林立』（本阿弥書店）。二三年、左右社より偏愛歌人シリーズ『石川啄木（仮）』刊行予定。

厨房にひとりになれば

稲本ゆかり

良いきゃべつ悪いきゃべつを選り分けて冬は明るい調理場に来る

奪うならうまく　魚に体温を移さないよう鱗を剝がす

食べさせることは慈しむことだと　だとすればみな愛なのですか

皿の上にパスタは冷えてほんとうに好きな仕事は体に悪い
そうですか子供が産まれるのですかおなかはいっぱいになりましたか
失ったわけではないのかもしれず鍋に残ったソースを拭う
厨房にひとりになればしんしんと体の中にする音がある
料理がわたしを好きだと思う真夜中の冷蔵庫から光は差して

骨つき肉とトマトのスープ

身体を壊して仕事を辞め、まもなく半年になる。一日のほとんどを眠って過ごしていると、気づけば季節がずんずん進んでいたりするのでびっくりする。息がすっかり白くなるのに、ちょっと焦るよな、と思い、焦るのは良くないんだよな、とも思い、いやまだ眠いな、となってだいたいまたそのまま寝てしまう。仕事をしていたときわたしたちはいつだって寝不足で、それでも頭はさえざえとし、いくらでも身体は動いたものだったのに。

わたしを含め、料理人はみな仕事が好きだ。そうでない人はどんどん辞めていってしまうということもあって、ハードな業務内容の割にみな結局は仕事を愛しているという感じがする。わたしは好きなことを仕事にしてしまって以来、明るい地獄のような場所にずっといると思う。愛と生業（なりわい）と暮らしが密接に結びついてしまったこと、その隅々まで照らされて逃げ場のない感じ、そこから見える極彩色の景色！　わたしたちは歌いながらその悪路を行くしかない。いつか気力が尽き果てて立ち上がれなくなってしまうまで。わたしもそうやって生きるのが幸せなのだと思う。でも、本当に？

台所は良い場所だ。店の巨大な厨房もいいけれど家のもいい。夜になって起きて、スリッパをつっかけ、わたしはわたしのためにスープを作る。トマトの酸味がぼんやりしない方法も、野菜の甘さを引き出す方法も、骨つき肉をぱさつかせない方法もあるのでそのようにする。仕事を失った今でも、わたしが料理人であるということをすんなりと信じられるのはどうしてだろう。仕事に戻れる目処(めど)はまだ立っていない。そのうち春になってしまうのだろうな、と思うとちょっと恐ろしく、わたしは目をつむり、流しの縁を摑んでゆっくりと呼吸をする。そろそろとまた眠気がやってくる。

それでも、何者もわたしから料理を奪うには至らなかったな、と思う。愛のことをちょっとだけ考える。スープは美味しそうに湯気をたてている。

稲本ゆかり（いなもと・ゆかり）　歌人・料理人
一九九四年生まれ。立命短歌会OG、「かんざし」同人。フレンチ・イタリアン専門料理人。Twitter：@kzumchan

だいじょうぶ

山崎聡子

痛さって冷たいのとは違うからバンドエイドの指で触って

神社をぬけ出店をぬけてさわさわと揺れるロータスだらけの水面

スワンボートの首に視界はさえぎられ楕円に切られた水を見ている

白鳥の眼に凍星（いてぼし）を親指の付け根に青くにじむ黒子を

だいじょうぶお前の足の切り傷を舐めとるように擦（さす）っていれば

恩寵のように驟雨（しゅうう）を受けながら私は私を救いはしない

心をいちど空にしたあとやってくる夜に小さなお堂を建てる

湖面のように凪いだ額と思うとき子供をぬるい水が巡った

感情と生活

昼間は会社で働き、帰って子供の世話をし、真夜中から雑誌などに寄せる短歌や短歌に関する文章を書く、という謎の三重生活をするようになって六年が経った。短歌を書くことは私の人生を支えているけれど、生活を支えるほどのお金は生み出さない以上、最低でも自分と子供を生かしていくぶんの糧を得なくてはならない。そして、新卒から続けている専門書の出版社での仕事は、ほかの職業に比べたら自分に向いているのだろう、と漠然と思ってきた。マクドナルドのアルバイトではお釣りが合わない魔の時間帯を生み出すことで有名だった私だが、編集者の仕事は自分の偏りまくった特性が活かせる場面も多いし、なんと言っても人の頭の中にしかなかった物事が一冊の本として目の前に現れる喜びは、ほとんど中毒に近いものがある。

そんなわけで、コロナが蔓延してからのこの三年、自分はめぐまれている、めぐまれている、と百万回は唱えてきた。仕事があり、家族も健康で、六歳の娘は頭がどうかなりそうなほど可愛い。短歌を書き続けることを選び、そうできる場を与えられ、この夏には出版した短歌の本が大きな賞までいただいた。自分はなんて幸運なのだろうと、ずっとずっと考えてきた。だから、保育園が繰り返し休園になったときにも、外に出たくて泣きわめく娘をなだめながら仕事をしていたときも、それでも終わらなくて真夜中や早朝に溜まったメールの返信を書いていたときも、コロナに感染して一人寝室に隔離されていたときも、気づくと「だいじょうぶ」と言葉が先に口をついていた。

「だいじょうぶ」は変な言葉で、繰り返し口に出していると表面的に「だいじょうぶ」な気分にはなってくる。でも、そう口にすることで隠されていく「だいじょうぶじゃない自分」はどこにいくんだろう。日曜日の夕方、不忍の池で娘とスワンボートを漕ぎながら、この数年で「ない」ことにされてきた、さまざまな感情のことを考えた。

山崎聡子（やまざき・さとこ）　**歌人・編集者**

一九八二年栃木県生まれ。二〇一四年、歌集『手のひらの花火』（短歌研究社）で第一四回現代短歌新人賞、二二年、歌集『青い舌』（書肆侃侃房）で第三回塚本邦雄賞受賞。好きな食べ物はタイ料理全般と貝類。Twitter：@satoky

不器用なままで

今日の風

初谷むい

風に逆らって面接　わたしがわたしでいるために必要なものはなんだろう
好きな子の名前を呪文みたいに歌みたいに呼ぶみたいにとなえた　うん　行くね
わたしが必要なだれかはどこにもいないかも　ゆっくり歩けば世界はゆっくり動いた

いきる　と思った　月が出ていて、みていなかったけど、あると知っていた
なにもないわたしが笑ったり泣いたりしていてかわいい　なにもなくても
夕ご飯の材料をメモしただけでおなかがすいて　わたしはだいじょうぶだ
がんばるぞとちいさく言えばがんばろうとするわたしのからだ　さあ
わたしが必要なだれかがどこかにいるのかも　追い風にすこし、早足に、なり
ながら

生きる（光を指でなぞるみたいに）

働けなくなってしまってから二年が経っていた。働くことについての嫌な印象はふしぎとないけれど、働いている自分はたいていあまりうまくやれていないのであんまり好きではない。働くことをやめて、しばらく何もできない日があり、具合が少しずつ良くなって、楽しいことが少しずつ増えて、今になった。働く、とはなんなんだろう、とよく思う。お金がもらえる、だけではたぶん、ないのだろう。

最近、就活を少しして、アルバイトが決まった。決まった会社の面接がすごくやさしくて、うれしかった。決まったとき、居ていい場所ができたんだ、と思った。わたしは、きらきらしたやさしさに触れるとき、一番感動するのかもしれない。そのきらきらを、誰かに渡せるように働いていくことを当面の目標にしよう、と思った。

働くことについてはきっと、まだしばらくはわからないのだろう。考えて答えの出るようなものではなくて、働いていく中でなんとなくわかっていくものなのかもしれない。わたしにできることはただみんなの役に立ちたいと願うこと、それを行動に移すことだけだ。

なんてちっぽけなんだろう、と思う。

ちっぽけなわたしたちが、それぞれ懸命に生きて、日々を回している。楽しいだけではなくて、でもつらいだけでもなくて、人生は続いていく。わたしはこれからも働いたり働かなかったりしながら生きていくのだろう。働くことがなんなのかや、今日の夕ご飯を考えたりしながら。

初谷むい（はったに・むい）　**歌人・事務員**
一九九六年生まれ、札幌市在住。第一歌集『花は泡、そこにいたって会いたいよ』、第二歌集『わたしの嫌いな桃源郷』（共に書肆侃侃房）。

バイト座流星群

橋爪志保

ある日突然すべてが嫌になってやめる、を繰り返してたらいつのまにか5つのアルバイトを経験していて、

浸水のたびボートからボートへとうつる　そういう星座のように

それしか選択肢がないということをラッキーともアンラッキーとも思っていなくて、

浅い川でしか漕げない腕だからみんなが容赦なく折ってくる

印鑑専門店では加害と被害について考え、

冷えきった中指で売るひとまわり小さな「女性用」の実印

学習塾では建前と本音について考え、
面接でこども好きだと嘘をつきほんとうは教育がすきだった

ミュージアムショップでは愛と憎しみについて考え、
ちっぽけで偽物だけどきれいだねゴッホの自画像のマグネット

郵便局では善と悪について考え、
研修のビデオにうつる小包を捨てた局員まあこれよりは

図書館で今、聡明さと愚鈍さについて考えていて、
閉館の十分前に流れだす優しい曲の題を知らない

そこそこ楽しかったし楽しいので、大丈夫です。
水で靴ずっと重くてでもこれはまさか貸し切り足湯　なるほど～

大丈夫なアルバイター

母の稼業をほんの少し手伝いながら、空いた時間でいくつかのアルバイトを経験してきた。だから、アンケートとかには「会社員」のところに一応マルをつけるけど、アイデンティティーはアルバイターだ。とはいえ、スカスカのシフトでそのときどきで気まぐれに働くだけの毎日。虚弱体質と持病のせいで、自分自身を養えるほどの時間働くことは、今でもわたしにはかなり難しい。

「働くこと」に対しては、コンプレックスがある。三〇歳手前にして、今でも半分くらい親のすねをかじっていること。簡単な仕事がいつまでも覚えられず、行く先々でぞっとするレベルの迷惑をかけまくること。「働く」という言葉からわたしが連想するものは、世間や職場のひとの白い目と溜息だ。

でも、そんな曇りがちの日々にも、さっと光がさすときがある。お客さんや利用者さんが笑ってくれるとき、お礼を言ってくれるとき、気持ちよく買い物や施設利用をしてくれるとき。書いていてすごく凡庸だな、とも思うけれど、そんな瞬間に、「社会」と心がかよったかのような錯覚を抱く。「社会」なんてないのに。幻想なのに。くやしい。それでも、油をさされてはずみながら回る歯車になったような快感が、ときどきわたしを襲う。けれど本当は、「働い」ていてもいなくても、生きているだけで「社会参加」している、という事実がちゃんと理解されるような世界になってほしいと思っている。

ぜんぜん大丈夫じゃないから助けてほしい、という気持ちと、意外と大丈夫でどこへでもいけるよ、という気持ちが共存して、混在する。そしてその現実をさまよいながらも、「つらさの中で息をすることが『働く』ことだ」という言説に、NOを示していく。生きるしかない。

短歌は五つのアルバイトの経験からそれぞれ書いたものだ。怒りとさびしさが、伝わればうれしい。

橋爪志保（はしづめ・しほ）歌人・アルバイター
一九九三年京都生まれ。二〇一三年に作歌をはじめる。「京大短歌」を経て、現在「羽根と根」「のど笛」「ジングル」同人。二〇年、第二回笹井宏之賞にて個人賞の永井祐賞受賞。第一歌集『地上絵』（書肆侃侃房）。Twitter：rita_hassy47

社員食堂の昼

西村　曜

厨房から見えるおおきな木の名前知らないままにひじきを分ける

葱刻む　わたしの葱はふとましくあなたがいたら笑ってほしい

食堂は嵐の前の静けさで、来た、来た、嵐「そば」「うどん」「うどん」

そばうどんそばそばうどん注文があたまのなかに絡まっていく

「おばちゃん」と呼ばれすぐさま振り返るいまのわたしはパートのおばちゃん

洗い場に食器はこれでもかと溢れ兵どもが何とかの跡

物事にいつか終わりはくると知る遥かな湯呑洗浄終わる

半日のしくじりしみてまかないのきつねうどんがあまい　明日も

単純な理由と、単純ではないもの

結婚を機に前職を辞め、それから四年ほど社員食堂などで調理補助のパートをしている。なぜ調理補助かというと、履歴書の志望理由には単純に「料理がすきで……」と書いた。なぜ社員食堂かというと、これまた単純に土日が休みで、夫の休日の都合と合うからだ。そしていままで勤めた社員食堂は、多くがまかない付きだった。単純な理由も三つ重なるとつよく、わたしは毎日張り切って、キャベツの千切りを盛り付け、そばやうどんを茹で、膨大な量の食器を洗浄している。

けれども、たぶんわたしは、調理補助にまったく向いていない。わたしは学生時代には絵を描いていたのだが、作品を完璧にしたいあまり締切に間に合うことはほぼなかった。何事も時間をかけて、丁寧に仕上げたいのだ。調理補助は、そんなわたしのあまい性分の対極にある。社員食堂はスピードが命。社員さん達の短いお昼休みのなかで、昼食の提供に時間をとらせていてはお話にならない。仕事はとにかく速やかに。そのうえで、正確に。「西村さん、もうちょっと早く！」、そう言われるとわたしは焦る。焦って闇雲に手を動かすものだから、キャベツの千切りは皿ごとに量がまちまちになる。そばとうどんの茹で時間を取り違える。気がつけばわたしのそば・うどんコーナーには他より長い列ができている。

並ぶ社員さん達が無言で訴えている。（おばちゃん、まだ？）

単純な理由を三つ重ねて選んだ調理補助だけれど、スピーディーかつマルチタスクが求められるこの仕事は、わたしには難しすぎるのだろう。別のパートを探そうか、そもそもずっとパートで、「扶養の範囲内」で働くのだろうか、と単純ではない悩みもつきまとう。それでも社員さん達のお昼の時間は終わり、こんどはわたし達のお昼がやってくる。まかないは、どこの社員食堂もたいそうおいしかった。提供時間が過ぎてすこし冷めたうどん出汁は、猫舌のわたしに優しい温度だ。

西村　曜（にしむら・あきら）　歌人
一九九〇年滋賀県生まれ。第一歌集『コンビニに生まれかわってしまっても』（書肆侃侃房）。未来短歌会所属。Twitter：@nsmrakira

梟

千原こはぎ

テンプレの挨拶文を四つ投げ顔のない人も人であること

輝きたい人は溢れてぽつぽつと輝かせるのがわたしのしごと

うれしいと言われてうれしくなるせいでやりがいなんてありすぎるほど

水さえも口にしないで夜は来て何はともあれトイレに向かう

そばにいてくれるテレビに知らされる外の世界で咲く梅のこと

真夜中の部屋の一羽の梟の瞳に光りつづける画面

旧型のロボットのように軋む脚　明け方の空にカーテンを引く

朝五時のふとんに潜る　人らしい暮らしをわたしにさせないわたし

人らしい暮らし

子どもの頃から絵を描くことや本を作ることが好きだった。

美大卒業後は印刷出版系の会社に就職し、イラストを描きつつデザインや組版の技術を学んだ。

仕事内容はかなりハードで、何でも引き受けていたら数年後見事に体を壊した。自宅で療養することになったが、パソコンがあれば仕事はできるので、療養しつつ仕事をした。

結局そのまま退社し、独立してフリーランスとなった。

毎朝決まった時間に起きて身なりを整え学校や会社に行くことがとても苦手だ。

誰だって多かれ少なかれそうだと思うが、わたしは特に重症だと思う。どんなに楽しかった日も、夜ふとんに入って次の日起きて出かけることを考えると超絶に憂鬱だった。

フリーランスになってからはいつ起きていつ仕事をしても構わない。

人生で「明日〇時に起きなきゃ」を考えなくていい日々はただそれだけで最高にしあわ

せだ。

人に会わない毎日も、暴言や難癖を浴びせてくる顧客への対応も、頭から煙が出そうな経費計算や確定申告も、ひとりですべてをこなすべきフリーランスという働き方において起こるどんなに嫌なことだって、「明日〇時に起きなきゃ」を考えなくていいという、それだけですべてチャラになる。

作ることは楽しい。誰かの役に立つことも、喜んでもらえることもうれしい。好きな時間に起きて仕事をして疲れて眠る。わたしにとってはいちばん向いている仕事なのだと思う。

安定はしていないし、ボーナスもないし、体を壊せば収入はゼロになる。漠然とした将来への不安は常につきまとう。

だからこそ、できるだけ長く健康を保ち、社会から切り離されない生き方をしなければ……と思いつつ、今日も明け方まで仕事をして、ばきばきになった体をもそもそとふとんに潜らせる。

最近の個人的スローガンは「仕事を翌日に持ち越す勇気」だ。
むかしもいまも、わたしのいちばんの敵はいつだってわたしで、わたしはわたしに人らしい暮らしをなかなかさせてくれない。

千原こはぎ（ちはら・こはぎ）　**歌人・イラストレーター・デザイナー**
大阪生まれ、滋賀在住。Twitterを中心に短歌のアンソロジー企画などで活動。短歌誌「うたそら」（隔月刊）、短歌集「みずつき」「獅子座同盟」、歌会「鳥歌会」「滋賀で歌集を読む会」を主催。短歌本『これはただの』（私家版）、歌集『ちるとしふと』（書肆侃侃房）。Twitter：@kohagi_tw　Website：http://kohagiuta.com/

1番じゃなきゃダメです！

手塚美楽

セルフケア・自己肯定感・春の風　蹌踉めいて、七〇〇〇の屍

ずっと見ていてくれるずっと見てくれているはずの中途半端な応援

誕生日に意味がないのを知っていて落ち込む偶然会えなさすぎる

指輪つくってるのに、買えないんだよわたしには、買える給料じゃない
東京都小平市小川町1丁目736に造る火葬場

仕事に期待してなくて、好きなことじゃないから　でも、だからほかのことを楽しく思えるのかも
この先も一緒にいてもお互いの収入を知らないままで友だち

あなたの社会性が保たれる感覚と同じように、わたしに目標としての桃鉄がある
第一次結婚ラッシュの年齢になるまでには桃鉄をやりたい

観光地の変なストラップをおそろいにしていた、働いているわたしの大事な同級生
初雪でまだはしゃぐべろをだしてみるまだおそろいにできたらうれしい

——たぶん親の収入超せない僕たちがペットボトルを補充してゆく　山田航『さよならバグ・チルドレン』
いちご狩り行けないわたしの sensitive/alternative/supreme 牛丼

【業界最遅】22卒就活報告記

小さいときの将来の夢ってなんだったっけ。周りの子は宇宙飛行士とかお医者さんとかお花屋さん、芸術家とか小説家。まだ、YouTuber はいなかった。

大学に入学してからは、編集者になりたかった。本がずっと好きだったし読みたい雑誌が廃刊していて、わたしが復活させると意気込んでいた。大一の九月からウェブのライターをやって、そのあと出版社でバイトしたりインターンしたり。就職のことは周りより早く意識していたはずなのに、新卒採用、どこも受からなかった。

自己PRの自由欄を好きなもので埋めまくる次の瞬間、好きなものがわからなくなる。面接官が全員笑ったら次の面接に進めたから、イロモネアみたいだと友だちに話してへらへらしていた。だから、最終面接に落ちた。グループディスカッションに落ちた。重役面接に落ちた。

親に「行きたいとこ全部落ちたから就活やめる」と報告したら「就活って受験みたいに

受かるまで受け続けるんだよ」と言われて、えっそうなの？　と思った。どこの会社とも〝ご縁〟なんてものはなくて、わたしの誕生日とか十八番おもしろエピソードに誰も興味がないことがわかった。

二〇二一年の四月、就活に見切りをつけて大学院の準備をしはじめる。わたしは結果的に大学院に進学した。社会人になった友だちに「高校の時からだけどミラが働いてるとこなんて、一ミリも想像できない」と言われるし、一応これがあるべき姿なのかもしれない。学部時代からバイトしていた出版社で今はアシスタントとして働かせてもらっている。

就職活動において、将来の夢が叶わないことを受け入れられなかった。あのとき卒業文集に書いたことを律儀に守ってしまっている。自分で決めた夢だから昔のわたしに嘘をつくことができない。文集に羅列されたみんなの夢は全部叶わないかもしれないし、全部叶うのかもしれない。

将来の夢にどうして職業を書かされるんだろう、なにになってもいいはずなのに。

手塚美楽（てづか・みら）**歌人・美術作家・出版社ウェブアシスタント**
二〇〇〇年東京生まれ。美学校「現代アートの勝手口」修了。東京藝術大学美術研究科先端芸術表現専攻在学中。第一歌集『ロマンチック・ラブ・イデオロギー』（書肆侃侃房）。インスタレーション、パフォーマンス、文章表現による制作をおこなう。
Twitter：@TANEofKAKI

ししししし

寺井奈緒美

いちにちの脂が乗って柔らかいところを喰らい尽くす労働

初めから社会不適合者と言ってアーティストになれないアーティストタイプ

落ち着いたふりして向き合ってないだけ家で死ぬほど取り乱すだけ

ロッカーの底に沈める知られたら潮のように引かれる一面

正社員だけが使える冷蔵庫に冷やしてみたいチョコとプライド

詩歌なんてやらず比喩にも頼らない君に言葉をどう届ければ

場違いな場所から場違いな場所へ転がるペットボトルを止める

しわ寄せのしわしわの下にいる人のしわの重みを分け合いたいの

働かない蟻だった

バイトが二年しかもたない人間でした。夜勤や遠い店舗への応援が嫌で辞め、昇級試験が嫌で辞め、そんなんじゃどこへ行ってもやっていけないよと怒られて辞めました。

そんな私ですが、今のパートはいつもの倍以上続いています。というのも職場の方々の懐が深海くらい深いからで、もしこの内容を読まれたら気まずいようにも思いましたが、詩歌に興味がありそうな人は誰一人思い浮かばないので大丈夫でしょう。具体的な労働内容についての短歌が難しくて全然つくれなかった理由は、心のどこかで保身の気持ちがあるせいかもしれなくて、情けないです。

この頃は趣味でつくっている土人形の注文が多くなり、ダブルワークみたいな状況です。あんなに夜勤が嫌だったのに、朝まで粘土をこねています。親指の付け根が痛むほど指を酷使したのはスーパーファミコンのドンキーコングにハマった小学生以来です。ダブルワークや副業と言えば志が高いように聞こえるかもしれませんが、要は内職。志はどろどろの手では滑って持てません。石川啄木の短歌〈はたらけどはたらけど猶（なお）わが生活（くらし）楽になららざりぢっと手を見る〉が身にしみます。

世界にはサボるのが上手い人たちがいて、プリンセスのドレスのようなしわ寄せを、裾の方にいる人たちが必死で持ち上げて運んでいるのだと思います。働き蟻のうち二割いるとされる働かない蟻だった過去をもつ私は、上の方の蟻を引きずりおろしてのし上がる、志の高い蟻たちの巻き上げる砂埃をすごいなあと見上げるだけです。せめて末端で潰れそうな仲間が楽になるよう働いていきたいです。

比喩ばかりでうざい文章になりました。短歌というのは現実をぼかさないとやっていけず、適職診断でアーティストタイプと診断されてしまう籠もりがちな人間にも優しい場所です。口に出せば引かれる内容も許されると思って、ぜひ気軽につくってみてください。

寺井奈緒美（てらい・なおみ）歌人・パート・土人形作家
一九八五年アメリカ・ホノルル生まれ、愛知県育ち、東京都在住。趣味は粘土で縁起のよい人形をつくること。第一歌集『アーのようなカー』（書肆侃侃房）、二〇二三年四月に短歌とエッセイ『生活フォーエバー』（ELVIS PRESS）刊行。Twitter：@habohabota

働くうれしさ

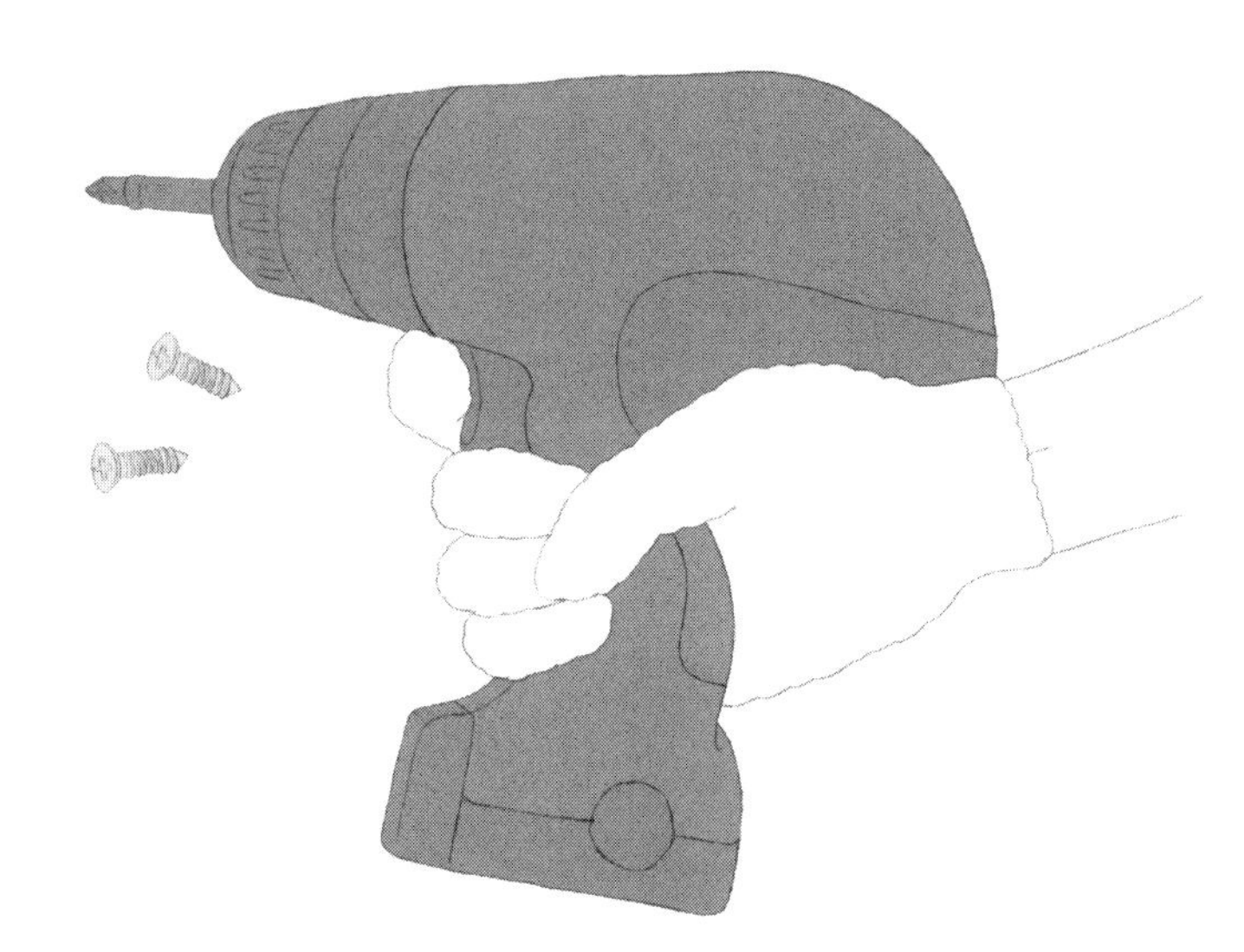

火曜日に覚める

谷じゃこ

日曜のにぎわいのまま残された寝ている本を起こしてまわる

好きなこと仕事にしてていいねえと言われるけれど起床は嫌い

電話する上司の声が神妙なトーンに変わり静まる事務室

理不尽がメールとなって飛んできて刺さったままの人は集合

週明けの自席に山になっているお菓子はあとで誰からか聞く

嫌なことあれば煙草を吸うポーズする先輩の肺が心配

保育園からの電話を取り次ぐと同僚がお母さんの顔に

おすすめの絵本を聞かれてええんかな知識でしか選べないわたしで

今のところは

少し前にツイッターで話題になっていた、会計年度任用職員の図書館司書をしています。手取りが少なく、待遇の改善のために署名を集めているという記事でした。幸い私の職場はそこまで待遇が良くないわけではなく、短歌も楽しみつつ穏やかに生活できています。一年ごとの更新なので、今のところは、という条件付きですが。

図書館の仕事は好きだし、図書館のためにがんばりたいと思う一方、仕事が自分の中で大きな割合を占めることはないなと感じています。いつか正規職員になってばりばり働くぞ～と、以前はそういうもんやと思っていました。短歌という終わりのないライフワークに取り組んでいくうちに楽しくなって、仕事はそれなりにお金が稼げたらいっか、という考えに変わっていったのです。とはいうものの、司書はたぶん一番好きな仕事です。他の仕事をしたことがないからわからないけど。ストレスもなく自分の得意なことを生かせる仕事が司書だったというのも、本当にラッキーでした。

仕事のことを短歌にするのは、「図書館の自由に関する宣言」の第三「図書館は利用者の秘密を守る」に反する気がして避けてきました。ぼやかしてわからないように書いたととしても、仕事の私が許せない気がします。今の職場では、もう若くはないのに最年少ということもあり、お菓子をたくさんもらうなど甘やかされまくっています。女性しかいない職場で、穏やかさとチャキチャキ感とが混じり合う雰囲気の大好きな職場です。私がこの短歌を見せることはきっとないけれど、図書館の人たちと働く日常をまたこっそり短歌にできたらなと狙っているところです。

谷じゃこ（たに・じゃこ）　歌人・図書館司書
一九八三年大阪生まれ、大阪在住。短歌のＺＩＮＥを作るなどフリーで活動。歌集『クリーン・ナップ・クラブ』『ヒット・エンド・パレード』（共に私家版）、フリーペーパー「バッテラ」など。鯖と野球が好き。Twitter：@sabajaco

罪かそれとも快楽か

奥村知世

軍手には引っかからないデザインを選んで買ったマリッジリング

工場の夏の記憶と結びつく自分の胸の汗のにおいは

本社から見える夜景の中にいて本社を見上げて飲むビアガーデン

残業は罪かそれとも快楽か母でも妻でもないわが時間

後悔をした経験を積み重ね眠れない夜も何も食べない

ほんとうは疲れているかもしれないと金魚を殺してしまって気づく

銀杏のつぶれた道をパンプスで歩けば負けない気持ちが灯る

パソコンを抱えて帰るバッテリーの熱もいつしか温もりになる

楽しく働く

働くことは好きである。楽しく働けることは人生の喜びだと思う。

女性である、子供がいる、障害がある、特定の人種である、そういった理由で楽しく働くことができない社会であれば、それは変えていかなくてはいけないと思う。逆に、先人が変えていってくれたからこそ、今、私は楽しく働くことができていると思うことも多々ある。そのような良い連鎖の一部になれるようにと願いながら、時々とても疲れてしまう日があっても、前を向いて仕事を続けていると思う。

私の第一歌集は『工場』というタイトルであり、その名の通り工場での労働を詠んだ歌も多く収めている。軍手を着用することが基本なので、結婚指輪もごくシンプルなデザインにした。とがった部分があったり宝石がはめ込まれたりしているような結婚指輪（婚約指輪ではなく）もあったが、「軍手に引っかかりそう」という理由でやめておいた。同じ理由で爪をとがらせたりいろいろと飾りをつけたりするようなネイルアートも難しい。そもそも、あまり自分の爪を見るタイミングがないのでネイルアートをするうれしさがない。

最近、仕事の内容が変わり、素手でキーボードを打つ時間が長くなったため、「ネイルアートをするなら今かもしれない」とふと思った。さっそくやってみたところ、きれいな爪を視界に入れながら仕事をするのはなかなか楽しい。仕事そのものも、仕事のやり方も、まだまだ知らない楽しみが待っていると思うとワクワクする。

奥村知世（おくむら・ともよ）**歌人・会社員**
第二九回歌壇賞次席。第二回群黎賞受賞。二〇二二年、第一歌集『工場』（書肆侃侃房）で第二八回日本歌人クラブ新人賞受賞。短歌結社「心の花」所属。Twitter：@Leo_Tomoyo

和三盆

川島結佳子

前歯の隙間にストロー挟めばキーボード打ちつつ飲めるいちご牛乳

わんこそばの速さで次々レポートを登録しゆく翻訳サイトに

翻訳を私の代わりにしてくれるＡＩは英検何級なのだろう

女だから貰(もら)える和三盆は比較的きれいなメモ用紙の上へ

口内で和三盆じわっと溶かしつつダウンロードが終わるのを待つ

「ＡＩの翻訳、間違ってたよ」と言う人の顔はほんのり誇らしげであり

閉まりゆくエレベーターへ独楽(こま)の上のトトロに飛び乗るように飛び乗る

調査延期の工場がありもう誰もクラスター発生などと言わない

お土産

私は、損害保険の調査会社に派遣スタッフとして働いている。主に工場や学校、病院などの施設が災害に見舞われたときに、どのくらいの被害を受けるのか、どうすれば損害が少なくて済むのかということを調査する会社である……と派遣されるときに聞かされたが詳しいことは分かっていない。分かっていることは日本各地にある施設の調査に向かうので社員の出張が多いことと、それに伴って貰えるお土産のお菓子の数が多いことだ。休み明けで朝出社すると、机の上にお菓子が置かれていることがある。置いた当の本人はどこにもいなくて、周りの人に訊(き)いても誰が置いてくれたのか全く分からず、ごんぎつねの兵十みたいな気持ちになる。

その会社で働き始めたころ、ある社員の方が北海道のお土産でパンを買ってきてくれた。北海道でしか売っていないパンらしく、中にトウモロコシが入っていてとってもおいしかった。そのお土産を買ってきてくれた人はしばらくして別の会社に転職してしまい、そのことは忘れていたのだが、先日、「川島さん、北海道に出張に行くんだけどお土産何が良いかな」と尋ねられた時に急にそのパンのことを思い出した。思い出したのだけれど、普段貰ってばかりの人間が「おいしいトウモロコシのパンがあるんですよ！　買ってきてくださいよ！」とは言えず「何でもいいと思いますよ。忙しかったらあまり無理をしないでくださいい」と言った。何となく謙虚なことを言えたなとその時は思ったけれど、私だけが貰うものではなくみんなに配るものだし、その人は判断材料がなくて困ってしまっていたので、どうしようもない発言だった。普通にトウモロコシのパンのことを言えばよかった。

検索したところ、トウモロコシのパンは新千歳空港で売っている数量限定のパンであるらしい。出張帰りに買うのは難しそうだ。やっぱりねだるのはやめにして、北海道に行った際に自分で買うようにしようと思う。

川島結佳子（かわしま・ゆかこ）　歌人・派遣社員
一九八六年東京都生まれ。二〇二〇年、第一歌集『感傷ストーブ』（短歌研究社）で第二〇回記念現代短歌新人賞、第六四回現代歌人協会賞受賞。短歌結社「歌林の会」編集委員。

検査着

山木礼子

そば店の赤い机にみづ飲みて高く鳴きたり都会の野生

手放しの心で見たい検車区を足元までの夕陽に塗れ

憂きほどの円さがあつた空はただ街を容れたる光の器

検査着の襟をただすも薄き胸よく見て社会人の体を

台上で転がりながらバリウムよほのかに白く愛のくるしみ

人界の掟のやうに飲みほせる下剤に慣れてこれより先は

天界に市あらばいつまでも売らむ霧のかをりの洋梨和梨

問診に大事はなしと伝へたり来年も来るきつとまた来る

天と石

　子供の頃に社会派ミステリーや経済小説を好んで読み、仕事を通して得られる生があることをずっと思っていた。新聞の市況欄には微細な数字が移ろい、ローソク足がチャートを日々照らしている。仕事は空気のように身近に、しかも見あげる天をすっかりと満たしていた。爾来骨折りをしながら読書の習慣を続け、読書を続けながら熱に浮かされて創作をしている。やがて文字という宝石そのものの無二の瞬きを知った。ここ数年は、仕事と創作の二つの穴を通して、現代思想をより身近に覗くようになった。つまり、皆が何かをするとか、皆とはそも何であるといったことで、分厚く眼前に迫ってくる思想というものが、あと百年も勤めを続ければリアルに役に立つのかもしれない。表現が晦渋であるほど読解は至らないばかりだが、こんな視点がこの世界にあったのかと、高く満ちるエーテルの輝きに元素を見いだすような気持ちで心から興味深い。苦悩にも高揚にも……かずかずの思考が析出する宝石の山に、素顔を埋めて潜っていくことが、いま私には何より快い。

働くうれしさ

山木礼子（やまき・れいこ）　歌人・会社員
一九八七年生まれ。第五六回短歌研究新人賞。二〇二一年、第一歌集『太陽の横』（短歌研究社）で第二二回現代短歌新人賞受賞。未来短歌会所属。

リモート・ワーカー

岡本真帆

通勤のかわりに散歩する土手の川がまばゆい鴨になりたい

地元にはない職業の説明をするとき雑に省いてしまう

雑談に救われていたことを知る　東京は今日晴れていますか

光っているものにまた目を奪われて　東京湾　着陸寸前の

しろたえのチーズケーキを人数分買い込んでゆく地下の明るさ

瞑(つむ)っても歩けるかもね（無理かもね）懐かしくない駅、渋谷駅

往復をするたび近くなるんだと力説したらみんな笑った

インフラのようにたしかで温かい居場所としての私の職場

家族でも友だちでもないけれど

漫画や小説などの作品を、ファンの人たちに届ける仕事をしています。勤めているのは作家のマネジメント会社で、編集や制作サポートを行うこともあれば、作品をより楽しむための企画を立てたり、プロモーションのためのウェブサイトを作ったり、ラジオを収録したり、ＳＮＳアカウントの運用をしたりと、気がつけばいろんなことをやっています。

その前は、広告の制作プロダクションでコピーライターとプランナーの仕事をしていました。商品の良いところを見つけて言葉にするのは胸が躍る仕事で、自分の性に合っていました。いつしか、広告のように期間が限定されている刹那的な企画ではなく、もっと長い年月をかけて人に愛されるものに関わる仕事がしたいと思うようになり、今の会社にやって来ました。

二〇二二年の六月に、出身地である高知県の四万十市に移住し、現在はフルリモートで働いています。通勤がなくなったので、メリハリをつけるために、出勤前に近所の堤防を歩いてみたり、しっかりラジオ体操してみたり。時間に区切りをつけて休憩を規則的に取ることで、集中しすぎないようにしたり、いろいろと工夫する毎日です。

高知に引っ越す直前は、同僚みんながさみしがってくれて盛大にお見送りをしてもらえたのですが、なんだかんだ二か月に一回は東京に遊びに行っているので、最近は顔を合わせても「久しぶり」と言われなくなりました。そう、全然久しぶりじゃないんだよなあ。勤務地である渋谷駅で電車を降りるとき、懐かしいな〜と思う日が来るのだろうか……と感傷に浸っていたこともありましたが、今のところまったくノスタルジーを感じていません。むしろ移住したことで親しみを感じる場所が増えたような感覚です。

リモートで雑談をするのはとても難しいので、出社する日は同僚に会っておしゃべりができることを楽しみにしています。家族でも友だちでもないけれど、会ったらほっとする人たちがいる場所。次回の出社が、今から楽しみです。

岡本真帆（おかもと・まほ）**歌人・会社員**
一九八九年生まれ、高知県・四万十川のほとりで育つ。著書は、第一歌集『水上バス浅草行き』、上坂あゆ美との共著『「老人ホームで死ぬほどモテたい」と「水上バス浅草行き」を読む』（共にナナロク社）。

未来に驚いて

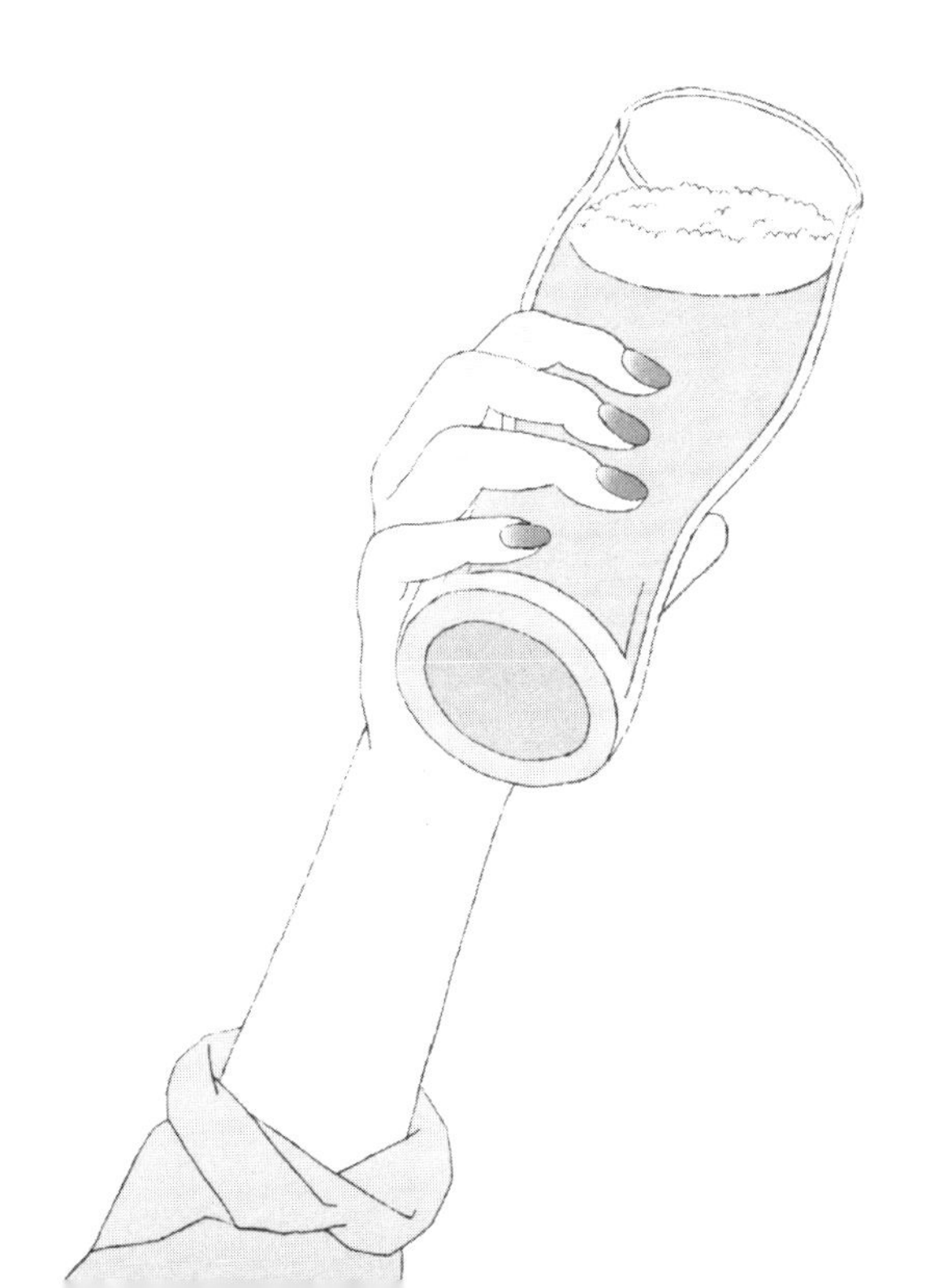

遠い心

石川美南

騒がしき歳末にして〈遠心〉を解答とする穴埋めクイズ

窓に目張りしなくてはねと仰向けの紙に赤字を入れながら言ふ

見本帳扇のやうに広げ持ち紙媒体の紙を決めたり

誰の出張（たび）が最も過酷だつたかをきらきら比べあふ月曜日

断崖と砂丘　目上の人たちが次々と靴下脱いでゆく

淡雪の五か月、されど　五人しかゐない会社のわたしの育休

そこから四年、

社長・常務・経理に至る全員の名前をうちの子が把握する

未明より晴れ　社長以下全員がなかやまきんに君肯定派

スーツに草鞋

就職活動はうまく行かなかった。いわゆる就職氷河期だったが、私に関しては、ぼんやりしているうちに時間切れになったという方が実態に近い。

卒業後四年ほどは書店でアルバイトをしていた。その後、資格を取って小さな会社に入り、大変お世話になりはしたものの、経営難が極まり給料が分割で支払われるようになったので辞めた。ようやく正社員として今の会社に転職した時には、もう三〇歳を何年か過ぎていた。

入社してすぐ、出張があった。行き先は鳥取。初日は施設見学と会議で、一〇数社から集まった専務、部長、課長たちに交じって、右も左もわからぬ私がぽつんと参加していた。そして翌日、なぜか三徳山三佛寺投入堂を見にいく流れになった。断崖絶壁に建てられた投入堂までは、厳しい山道である。もちろん、誰一人山登りの準備なんてしていない。スーツ姿で靴だけ草鞋に履き替え、輪袈裟を斜めに掛ける。仕事鞄の代わりに貸し出されたナップザックには畳んだ和紙が入っており、広げると角の生えた生き物が描かれていた

（御守りらしかった）。私たちは仕事の前と同じ生真面目さで「ご安全に！」と唱和してから歩き始めた。

道のりは本当に険しく、木の根を這い上ったり、鎖で岩場を渡ったりする必要があった。「滑落事故発生現場」という看板を見て、ここで怪我したら労災になるかな、と誰かが呟いた。前日飲みすぎた何人かは途中で脱落していき、投入堂まで辿り着いたのは五人だけだった。せっかくなので携帯のカメラで集合写真を撮り、下山してから会社に送った。

週明け出社すると、「心配していたけど、写真を見たら大丈夫だと思った」と笑われた。改めて見返すと、私は確かに、晴れやかな笑顔でピースサインをしているのだった。

真面目に働いていると、思いがけなく修験道を踏破する機会を得たりもする。そのことが、当時の私にとって何か明るい啓示のように思われたのを、今でもよく覚えている。

石川美南（いしかわ・みな）　歌人・会社員
二〇二〇年、歌集『体内飛行』（短歌研究社）で第一回塚本邦雄賞受賞。その他に歌集『砂の降る教室』（新装版・書肆侃侃房）、『裏島』『離れ島』『架空線』（すべて本阿弥書店）など。趣味は「しなかった話」の蒐集。「pool」「[sai]」同人。「さまよえる歌人の会」「山羊の木」でも活動中。

ビオトープ

櫻井朋子

二十八階でおでんを冷ましつつ隣のビルの女を見やる

あなたにも淡水魚の眼　資本主義の大水槽から雲をながめて

相槌を補うように春雨が内示にささめくオフィスを包む

傘を失くし姓を失くして三月のわたしに社内標語まぶしい

納期決めのトーンで妊活を語る同期の胸のとうめいな鈴

後れ毛を勇ましくピンに捻じ込んだ課長そのまま星座になって

ボーナスが出るたび炎をひとつ飼う頬にまぶたに手足の爪に

議事録の末尾にウルフの一節を打っては消して　まだ水曜日

疲れたら詠んで、飽きたらまた働いて。

八年前、新卒採用の内定の連絡を受けたとき、「これは主演女優賞だ」と思った。選考では会社側が求めている若者像を察して擬態することに徹し、アイデンティティーみたいなものはほとんど考えなかった。わたしはいわゆる魅力的な人材からは程遠かったけれど、「就活が得意」だったのだと思う。そこそこ大きな会社に入ってセールスの職に就いたものの、そのように芯を持たなかったので、どんなに忙しく働いていても常に喪失感があった。誰かが苦労して作った商品に値段を付けて一円でも高く多く売る、という業務の性質が、大学で打ち込んだ文芸創作とかけ離れていたことも理由の一つかもしれない。

そんなとき、短歌を作りはじめた。小説や戯曲を書く気力はなくても、三〇余音の詩歌ならできるかも？　という短絡的な発想だったのだけれど、作り始めると良い意味で裏切られた。一首に世界を宿す作業は途方もなく難しい。だからその時間は仕事をさっぱり忘れられた。当時は、失われた何かを短歌が埋めてくれるような気もしていたが、最近わたしは失ったというより、そもそも何も持っていなかったのではないかと思い始めている。

人生の何気ない一シーンから面白みを見つける術を知らなかったから、就活でも理想の新入社員を演じるほかなかったのだ。そのころと比べると、今のわたしはいくらか日常を面白がれている。「さっきの上司の小言、最後が七五調だったな」とか、プレゼン資料の端を浮かんだ下の句で埋め尽くしたりだとか。（不真面目と言ったらそれまでなのだけど）そういった日々のスパイスを自分に与えてくれたのは、短歌であり、そして八年続けてきたオフィスワークにほかならない。

入社時から変わらず、労働はきらいだ。部署に女性は自分ひとりで心許ないし、明日の出社も面倒くさい。でも恐らく、わたしはサラリーマンでなければ自分で好ましいと思える短歌を作れないだろう。働いて、疲れたら詠んで、飽きたらまた働いて。そんな調子で、今週もどうにか月曜から金曜までをやり過ごしていく。

櫻井朋子（さくらい・ともこ）　歌人・会社員
一九九二年生まれ。二〇一七年「東京歌壇」（東直子選歌欄）年間賞受賞。歌集『ねむりたりない』（書肆侃侃房）。映画会社勤務。短歌同人誌「絶島」主催。最近は職場にアロマオイルを持っていくようにしています。忙しいとき、ハンカチに一滴垂らして嗅ぐと落ち着くのでおすすめ。Twitter：@Tomoko_s0212

ドキン

乾　遥香

名前がなければ0点になるそのことを当たり前だとわたしは思う

自由帳には目を描いていた　女の子の光り輝く目ばっかりを

化粧するわたしの迷う筆先の勉強になるアジアの顔ね

矢印のマークが光ったらススメ　見本になるのは長女のツトメ

お互いの体を通ってやり直す眼科にくたくたのドキンちゃん

本物はわたしだけではないけれどわたしは本物のわたしなの

平均台を走って渡る想像よ　考えはわたしたちを連れて行く

百貨店のように並んで子どもたちわたしたちわたし愛されている

ラッキーのCM

就職活動はしなかった。そのことに疑問も不安も抱かなかった。

短歌を始めた六年前、私はすこし古文が読めるだけの大学生だった。それなのに、多くの歌人が会社員をしていると知っていたのに、漠然と、私なら「歌人」として生きていけると思っていた。原稿料で暮らせるようになるまでは、パートタイムで稼げばいい。見える範囲に、そうやって生きているお姉さんが先にいて、そのことも私の気持ちを明るくさせた。

いや、実際には在学中に短歌の賞をとったことが多分に私の生き方に影響している。受賞に背中は三度押された。何を与えられなくても私はこう生きたかもしれないが、受賞のようなものはわかりやすく人生を変える。受賞作を書いたのは私だが、賞というのは出来不出来の話ではないのだ。私はラッキーだった。

東京で生まれて、東京で育った。お金を借りずに大学に通い、教員免許を得た。もし生活に困っても、母や父が助けてくれると思う。かわいい妹もいる。つくづくラッキーな存在だ。

短歌を作っていないときの私は、エントランスと教室で、それぞれ働いている。どの仕事も、人の前に立ち、最適なことをすぐに言わないといけないところが似ていると思う。子どもと関わると、先に生まれた自分には責任があると感じる。私が時代へするアプローチが足りなければ、将来不幸になるのはこの子たちだというのが、目に見えるから。

責任は感じるが、仕事は辛くない。疲れた、もう二度と行かない、と呟きながら帰路についても、目覚ましが鳴れば起きられる。朝、お化粧をする時間も好きだ。毎日、誰よりもふざけて働いている気がするし、一方で、私ほど真面目な人はいないとも思う。

ラッキーなことに、私は人に好かれやすい。良い友達に囲まれ、私の好きな人は同じように私を好きだ。ハラスメントに遭うこともあったが、加害―被害の構造を理解し、フェミニズムを手に入れた。休学後は一年で起き上がれた。賢くなれてラッキーだった、と言って見せよう。

私が私のことを〃ラッキー〃だと言うのは、この時代が個人に対して酷く無責任だと知っているからだ。運任せ個人任せのこの世と政治に怒りはしているのだが、それと並行して、やっぱり私はラッキーだったんだと思う。

好きなことを中心に生活を数年回し、苦手だった決定や選択はむしろ得意分野になった。今日までの過ごし方に、自分に、自信がある。

私が短歌に書くのは「私」のことだが、それはあなたにも関係があると思う。「歌人」として自分の話をするのが好きだ。私は既に、ラッキーな私がここにいるだけのことが、だれかへの応援になると知っている。

乾 遥香（いぬい・はるか） 歌人
一九九六年東京都生まれ、東京都在住。二〇一六年秋、作歌を始める。一九年、第五回大学短歌バトルに獏短歌会として出場し、優勝。二〇年「ありとあらゆる」（五〇首）で第二回笹井宏之賞・個人賞染野太朗賞、二一年「夢のあとさき」（五〇首）で第三回笹井宏之賞大賞、二二年、平岡直子歌集書評「日本の虫／女の日本」で第三回BR賞受賞。「ぬばたま」「GEM」同人。第一歌集刊行予定。Twitter：@h_inu_i

885

鯨井可菜子

「アポ取って取材してきて」それだけの指示で晩春の長崎に着く

885系（ぱーぱーご）　革のシートに揺れながら帰社するまでをわずかに眠る

銀行員の君の語りを聞きながら煮詰まってゆく水炊きの汁

二十代すりつぶしたりＡ３のプレゼン資料を刷って重ねて

秋空にボレロは流れひとつずつ持ち上がりゆくバルーンの群れ

ぼんやりと昼をすごして軒下に鳩がふくらむベローチェを出る

終刊ののちも車輛に残りたる銀の空箱〈MAGAZINE BOX〉

暮れのこる有明海をふちどっていつまでもゆけ特急かもめ

地面から三〇センチ

「よい原稿をいただくと、足元が地面から三〇センチくらい浮き上がったような気持ちになる」

二〇一二年の秋の夜、とある編集者の女性が、釜山(プサン)の路上で私に語ってくれた言葉である。

当時の私は、地元のデザイン会社で鉄道車内誌を作る仕事をしており、その日は文筆家の取材に随行していた。この取材は彼の俳句グループの旅行も兼ねていて、メンバーの中に、著名な文芸編集者がいたのだ。

車内誌の仕事は夢のように楽しかった。九州一円に出かけ、たくさんのものを見て、たくさんの人に出会った。梅酒の樽(たる)を覗き込み、海苔(のり)漁の小舟に乗り、栈橋を駆けて夕日の撮影スポットを探した。それでも担当して三年目を迎える頃には、本格的に出版社で働いてみたいと思うようになる。若者で賑わうマッコリのお店を出たあたりだったか、私は彼女の隣を歩きながら、勇気を出して、「出版社の編集者になりたいんです」と相談してみたのだった。

　相手は、有名出版社の名物編集者である。一方こちらは、地方の中小企業で働く二〇代の駆け出し。それでも彼女は私の問いに、真剣に応えてくれた。なかでも、編集者という職業の根源的な喜びを語ってくれた冒頭の一言は、その瞬間から強烈に心に焼き付いて、北極星のように私の顔を上げさせ続けた。

　東京での転職活動では文芸編集にもチャレンジしてみた。面接では、車内誌でエッセイを担当した作家のエピソードばかり聞かれて、そのまま落ちた。最終的に、ひょんなことからまったく畑違いの版元に拾われる。ゼロから知識を詰め込んであたふた走り続けるうちに、いつのまにかすっかり医療専門の編集者になっていた。

　私に言葉をかけてくれたその編集者は、それから数年後に世を去った。車内誌は役目を終えて終刊し、何度も乗った特急の一つは昨秋、路線の一部を新幹線に譲った。

　彼女は多くの仕事を成し遂げた人だった。それでも、一〇年前の夜に釜山の雑踏を歩きながらある若者の話に耳を傾け、その後に影響を与えたことは誰にも知られていないだろう。

著者から届いた原稿のWordファイルをドキドキしながら開くとき、彼女の言葉を思い出す。いまはこの世にない光が、デスクに向かう私の背中をこれからも照らし続ける。

鯨井可菜子（くじらい・かなこ）　歌人・編集者
一九八四年生まれ、福岡県出身。歌集『タンジブル』（書肆侃侃房）、『アップライト』（六花書林）。医療系出版社に勤務。短歌結社「星座α」所属。Twitter：kujirai_kanako

I'm a poet

野口あや子

食っていけるの？　そう笑ってた人たちをシャネルのバッグでいつか撲（ぶ）ちたい

マスクの下で口角上げてほほえめりJapanese traditional poetらしく

HAIKUより少し不毛なTANKAという地にしとしとと注ぐ甘露よ

メキシコの poet に会う　踏み締める大地どんどん広がっていく

学校を知らない一人の poet が teacher になる　学校を知る

ふくらんだあなたの歌に針を刺しさらにふくらむ術を言わせて

講評の一本勝負　短冊を繰りても繰りても声はあふれて

Introduce by myself, I'm a Japanese poet　いるんだよ本当に

えいごをならう

子供の頃、不登校児だった。登校しないから成績はどん詰まり、高校は通信制で家で勉強する道を選んだ。その後なんとか大学に通ったが、基礎学力がないため就職活動は八方塞がり。唯一もらえた内定は、壺(つぼ)を二トントラックで運んで売るという謎の会社だけ。さすがにこれは断り、それ以降はアルバイトをしながらでもいずれは短歌で食べていく道を考えていた。

ようやく短歌で得る収入が生活費と言えるほどになった頃、同世代の現代詩人が世界中の詩祭で英語でコミュニケーションをとっていることを知った。まぶしかった。その頃の私の英語力は、本当に「This is a pen」「My name is Ayako」レベルで止まっていたからだ。いつまでも不調法で無学ではいられない。そう思って、自主的に英会話の勉強を始めた。

知識はないけれど度胸があるのが私のいいところで、やると決めたら英会話アプリや英会話のトーキングサイトにどんどん参加した。大人になってからの勉強は楽しかった。度胸とオープンマインドで意思疎通自体はなんとかなることが分かった。短歌のシンポジウムや座談会で培ってきた度胸がここで生きてくるとは。今はさらに足りない細かなボキャブラリーやグラマーを英語スクールで教わっている。

そしてある日、トーキングサイトで「How do you do in Japan?」と聞かれて「I work as a poet」と初めて言った時、ああ私は骨の髄まで歌が好きでここまで生きてきたんだなと思った。It's my pleasure.

野口あや子（のぐち・あやこ）歌人
一九八七年岐阜県生まれ、名古屋市在住。歌集『夏にふれる』（短歌研究社）、『眠れる海』（書肆侃侃房）など。岐阜新聞にエッセイ「身にあまるものたちへ」連載中。『ホスト万葉集』（講談社）では俵万智、小佐野彈と共に編者を務める。名古屋芸術大学非常勤講師。未来短歌会所属。Twitter：@ayako_nog

俵万智×吉澤嘉代子

短歌が変える私たちの現実

日々社会で奮闘する女性を応援するため、「働くこと」をテーマに短歌作品を募集する「おしごと小町短歌大賞」が開催されました（二〇二二年度主催・大手小町、協力・中央公論新社）。選考委員を務めたのは歌人の俵万智さんと、学生時代から短歌に親しんできたシンガー・ソングライターの吉澤嘉代子さん。保育士、医師、秘書、事務員、編集者、就活生……と、さまざまな仕事の現場から、「今」を鮮やかに映しとる作品が計四五七四首も届きました。俵さんも吉澤さんも「いい歌ばかりで、落とすのがもったいない！」と嬉しい悲鳴をあげながら、大賞・俵万智賞・吉澤嘉代子賞を決定しました。ここでは、最終候補まで残った作品と受賞作をめぐるお二人の対話をお楽しみください。

俵　応募総数四五七四首！　ちょうど万葉集と同じくらいの数が集まりましたね。私は短歌を作る側のプロですが、吉澤さんのようにプロとは違う目線で選んでくれる人の存在はすごく大事だと思います。吉澤さんは幼い頃から短歌にインスパイアをされて育ったそうですね。

吉澤　母の本棚にあった俵さんの歌集『サラダ記念日』を愛読していたんです。この歌集の最後にある「愛された記憶はどこか透明でいつでも一人いつだって一人」という歌が大好きで、私の「ゼリーの恋人」（アルバム『赤星青星』収録）はこの短歌をイメージして作りました。中学生になって穂村弘さんのエッセイを読んだり、大学で短歌の創作授業を受けたりしながら、いろいろな歌人を知っていきました。音楽より短歌から受けた影響のほうが大きいのではとも感じていて、出会いの順番が違ったら歌人をめざしていたかもしれないです。

俵　吉澤さんの曲の歌詞を読んでいると、短歌めっちゃ詠めそうでした。詠んでる？

吉澤　今は短歌より曲を書かなきゃいけないので（笑）、短歌は人の作品を読むばかりですが、短歌も音楽も、作品を通して、知らない誰かと互いに自分を映し合えるものだと思っています。マジックミラー越しに向き合っているみたいに、話すことはできないけれど、怒りや悲しみ、喜びを共有し、つながることができる。とりわけ短歌は、五七五七七という文字数の制限の中、言葉だけで光景や心情が映画のワンシーンのようにパッと浮かび上がるのが、とても魅力的だなと思うんです。

俵　絵を描くには画材が、演奏するには楽器が必要ですが、短歌は言葉さえ持っていれば、誰だって詠めるんですよね。日本語を使って生活している人なら誰でも、創作のスタートラインに立てる。

吉澤　本当にそうですね。すごい作品がご紹介しきれないほど沢山ありました。また、それぞれの作品には作者の職業も添えられていたので、私が想像したこともない仕事への思いや世界を垣間見ることができ、これから作る曲にも大変刺激をうけました。

俵　それでは、お互いが最終選考まで残した短歌、個人賞、そして大賞と発表していきましょう。

まずは、受賞は逃したけれど、素晴らしかった作品群をご紹介します。

俵&吉澤選

前線と窓口のことを呼ぶ上司（戦士になった覚えはないが）

俵 一首目は、名古屋市の市嘱託職員、枝豆みどりさん。

吉澤 私もこの歌を最終選考まで残しました。

俵 いきなり審美眼が一致して、うれしいですね。この歌、肩の力がぬけてて好きです。上司はきっと悪気なく「君たちが前線だ、頑張ってくれたまえ」なんて激励しているんでしょう。それに対する心の声が、カッコの中のつぶやき。カッコ使いが上手いです。

吉澤 語感の良さもかっこいいですよね。窓口業務がどれほどバタバタかも分かる。この作者自身がすごく好きになりました。

俵　もう一つ感じたのは、「前線」という言葉を私たちは普段からよく使いますけど、本来の意味をすっかり忘れているなと。もともとは戦争の言葉なんですよね。そのことをこの歌が改めて思い出させてくれました。

吉澤選　保育室よいせと座ればたちまちに手足背首に園児が実る

吉澤　私が選んだ二首目は、大阪府の保育士、坊真由美さんの作品です。「実る」という言葉が、本当に可愛い。保育士さんは大変なお仕事だと思うんですが、その大変さを明るくユーモラスに表現されているのが素敵でした。

俵　私も「実る」に赤線ひいた！　これは「実る」が最高だよね。私もチェックしていた歌です。

吉澤　一旦落ちつこうとして「よいせと座」るのに、元気いっぱいの子どもたちが待ってました！　とばかりに、背中をよじ登ってくる（笑）。そんな楽しい情景が目に浮

俵　かんできて。
「よいせと座れば」もポイントで、立っていれば群がってきてもそれまでなんだけど、座っちゃうと子どもは抱きついたり乗っかってきたりするんですよね。スキンシップの様子や、ぶどうみたいに鈴なりになる子どもたちの動きまで見えてきます。

俵選　わたくしの一人称はせんせいだ。ひらがなである、漢字ではない。

俵　次は京都市の医師、長倉いのりさんの作品。
漢字の「先生」って、堅苦しい雰囲気がありますよね。ひらがなの「せんせい」はやわらかで、誰かに呼びかけられる感じ。どんなに偉くなっても「せんせい」って呼ばれる関係の中にこそ自分の仕事はある。そんな作者の矜持が伝わってきます。
古来、歌は読み上げられるものを耳から聞くものでしたが、今は目で読むことが多いです。ひらがなと漢字を使い分けたり、句読点を打ったりすると、歌のリズムを変化させられるので、作者は目から入る情報をうまく活用していますね。夏目漱石の『吾輩は猫である』の冒頭を思わせるような散文的表現も印象的です。

吉澤　もともと短歌が耳から聞くものだったとは……音楽と同じですね。短歌は表記の仕方で意味を自由に含ませられるのも魅力だと思っていて、初句の「わたくし」には〝公的〟なニュアンスがあるのに、ひらがなで「せんせい」とやわらかに続く。作者が「せんせい」という仕事に誇りをもっている感じが伝わってきます。

吉澤選　**オマエ　ママ　加えて今はハケンサン　女三界に名前ナシとふ**

吉澤　続いて、大阪府の派遣社員、釜木尚美さんの作品です。この歌も秀逸でした。「オマエ／ママ／ハケンサン／ナシ」。カタカナが無機質さ、無情さを演出していて、とくに「ハケンサン」のところで、見下されている感覚がより強くなりました。カタカナの「サン」が効くんでしょうか。この作者にエール

俵　を送りたい、名前を取りもどしてほしい！　と切に思った歌です。「〇〇のママ」「△△の奥さん」だけじゃなく自分の名前で生きていきたいという発想は、今までもあったと思うんです。でもこの歌は、「ママ」でも「奥さん」でもない、「自分の仕事」をしているにもかかわらず、やっぱりその先で「ハケンサン」と別の一般名詞で呼ばれてしまう辛さを詠んでいる。今の時代ならではの暗さを反映し、一歩踏み込んでいて、すごくいいなと思いました。

俵選　耳たぶに収まるならば許されるピアスの星が側転してる

俵　次は、青森市の秘書、麻倉遥さんの作品です。きっと、職業柄、服装や髪形についていろいろなルールがあるんでしょうね。耳たぶからブラブラ下がるピアスはいかん！　耳たぶの中だったらよし！　とか、なかなか厳しい服装規則。そんな規則があること自体も面白いんですけど、「側転」という表現に「そもそもなんで耳たぶから出ちゃダメなの？」みたいな屈託も暗に込められている。面と向かって「こんな規則つまらねえ」とは言わずに、ピアスが「側転してる」と表現するところが粋ですよね。

吉澤　ちょっとした毒を品良く表される方ですよね。私も好きでした。

俵　「ピアスよ、もっと側転して耳の縁を越えていけ」みたいな思いがどこかにあるのかな。決して言い過ぎず、「寸止め」みたいな手さばきにグッときます。

吉澤選　袋有無に「ママで」と答え戸惑われ校閲用語と思い出すレジ

吉澤　続きまして、横浜市の出版社勤務、谷真樹さんの作品です。まず文字を順に追っていて、「ママ」は「お母さん」のこと？　と思ったんです。このレジ店員さんと同じタイミングで私も戸惑ったんですよね。そのあと「校閲用語」と出てくるので、「このままで」という意味で使われたことが分かる。並べ方

俵　がお上手ですよね。

私もこの歌、面白かった！　初句から読んでいくと、「えっ」という戸惑いと「あ、そうか」の納得がこの一首の語順でうまく表現されている。巧みですよね。

じつは、同じ作者の別の歌を私は選んでいて……。

俵選　長編の小説ラストの問い合わせ「龍馬死にます」答えて終わる

俵　私はこちらの歌を選んだんです。他の応募作にも仕事で理不尽な目にあう歌がいろいろある中で、こんなことあるの⁉　という素材の面白さが光っていました。出版社に小説のラストを問い合わせる質問って、どう答えるのが正解か分からないですよね。言っちゃっていいの？　と。「ラストは作者が魂を込めて書いたものですのでご自身でお確かめください」が模範回答かもしれないけれど、理不尽な質問には理不尽な回答しかない！　とブチ切れた感じも伝わってくる。このやりとりを目に浮かべるとリアルで、スカッとする。

吉澤 物語上の人物ではなく歴史上の人物だから絶対に死んでる――すると「龍馬死にます」は最適解ですよね。バラすわけでも、嘘つくわけでもない。

俵 たしかに嘘はついてない（笑）。救急車の受付センターにもヘンな電話がかかってくるというけど、出版社にもあるんですね。

吉澤選 「女性初営業課長」名前より大きく目立つインタビュー記事

吉澤 今度は、横浜市の会社員、肥後佑衣さんの作品。
選考用紙にメモしながら選んだのですが、「やだよね！」って書き込んでます（笑）。どうして「女性」をつけなければいけないのか？　こういう現実が、女性として生きていると沢山あって、日々モヤモヤしていることをハッキリと言語化してくださった歌でした。

俵　「女性初」を目玉にして、その個人に着目していないことがありありですもんね。

吉澤　他の応募作を見ていても、名前を奪われている、という気持ちがみなさんにあるなと感じます……。

俵　この「インタビュー記事」は、自分が受けたものかもしれないし、誰かの記事を見たのかもしれない。ただ事実だけが述べられているのに、思いが伝わってくる。腹が立つとは直接言わず、まるでその記事を私たちが見たような臨場感をもたらしながら、そこに感情を広がらせる作り。お手本のような作品です。

俵選　出勤しサーマルカメラに顔映す　今日の眉毛は上手く描けたな

俵　次は、兵庫県のメーカー事務職、竹林知可子さんの作品です。サーマルカメラって、体温を測るためにひょいと顔を映すアレですよね。コロナ禍が長引く中、本来の目的とは違う形で眉毛チェックに使っているところが、ユーモラスで可愛らしいです。女性が会社に出勤する日常の一コマをうまく捉えてますすね。

吉澤　「この時代に生きている女性」を反映した、まさに今にぴったりの歌です。

俵　ここ数年、新聞歌壇の選考などをしていると、コロナ禍の歌は山盛り届くんです。大体はマスクがうっとうしいとか、残念な気持ちを詠むものが多いんですが、この作品はコロナ禍を詠んだ歌としても秀逸。本当に今しか歌えないですね。ものの見方を変えて、マイナスをプラスに転じ、「よし！」と一日をはじめる。素敵です。

吉澤選　落ち込んだわたし励ます文集のかんごしさんになりたいの文字

吉澤　それでは続いて、看護師として働く、栃木県の杉山悠香さんの作品です。「かんごしさんになりたい」とひらがなを使うことで、「文集」は作者が子どもの頃に綴ったもの、その夢を大人になって叶え、辛いことがあって挫けそうな時に読み返しているんだ、と感じます。私自身も少女の頃を思い出して、この歌に励まされました。

俵 私もチェックしていた歌なんですが、違う解釈をしていました。勤務先の病院に入院している子が、何かに「かんごしさんになりたい」と書いたのを作者が偶然目にして、励まされたんだなと。自分の仕事ぶりを見て「私も看護師さんになりたい」と思ってくれる子がいるなら、こんなにうれしいことはないよなぁと思ったんです。字数が短いからこそエッセンスだけ読者に届くので、背景をいろいろ想像できるのが面白いですね。一つの歌から、いくつもの物語が広がる。それも短歌の魅力かもしれません。

吉澤 受け手がどう感じるかまで含めて短歌なんですね。

俵選　リクルートスーツを着ても残される個性のためにある泣きぼくろ

俵 では、千葉市の大学生、青藤木葉さんの一首に行きましょう。

リクルートスーツって、没個性の代名詞みたいに思いがちです。どうして、みんな横並びで同じような格好をするの？　だから日本人は……って。でも「そうじゃない、確かに私はみんなと同じような服を着てるけど、個性はあるんだ」と、この歌は訴えかけてくる。その個性の象徴として「泣きぼくろ」をもってきたところも感心しました。

吉澤　この方は連作で投稿されていて、つなげて読むとさらに作者のシルエットが浮かび上がってきます。

俵　「私たちにも個性はある！」と大学生の側から言われて、はっとさせられました。リズムも面白いんです。下の句が「句またがり」になっていて、「個性のために」の七で切れ、「ある」という言葉にくっと力が入る。そこも上手ですね。

吉澤選　**梅雨時の前髪みたいな上司にもわたしと同じ夏が来るのか**

吉澤 続いて、水戸市の公務員、矢澤愛実さんが詠んだ歌です。ナイスな悪口だなと思いました（笑）。夏って、キラキラ光る爽やかなイメージですが、私にやってくる素敵な夏が「お前にも来るのか⁉」って、心の中で問い詰めているんでしょうか。

俵 私もいいなと感じた歌です。季節は平等だからやがて来るんですけど、「来るのか」と抵抗しているのも面白い。「梅雨時」のベタッとした前髪へのチャーミングな悪口から、梅雨の後にくる「夏」で季節の流れも入れられていて、とても巧み。

吉澤 歌の力で、部下である作者の立場と、上司の立場がぐるんと逆転して見える。痛快でした。

俵選 **痼癪のきっかけになったトーマスに多めにかける次亜塩素水**

俵 次は、札幌市で障害のある子どもたちを支援する療育の保育士として働く上牧晏奈さん。
子どもが癇癪をおこして、きっかけとなったおもちゃを消毒しているわけですよね。トーマスに罪はないのだけれども（笑）、「このトーマスが！」という作者の思いまで、ちょっと多めに消毒する様子で表現されている。事実を淡々と詠んでいますが、保育士さんの仕事が鮮やかに浮かんできました。過ぎ去っていく小さな場面、ほんの一瞬を、短歌で詠い留めることで残っていく。短歌の素晴らしさが出ている歌だと思います。

吉澤　詠い留める、という俵さんの言葉にも感動しました。初めて聞いたのですが、流れていってしまう、とても小さなものを短歌だからこそ表現できるんですね。子どもじゃなくてトーマスに怒りが発散されているのは、作者の愛情からだと思いました。

俵　決して子どもには怒りを向けない、優しさがにじんでいますよね。

吉澤選 「金です」と志望動機に書けなくて指が止まった転職の春

吉澤 今度は、東京都の会社員、ほろろさんの歌です。
「お金です」じゃなくて「金です」というのが印象的で（笑）。初めての就職活動で提出する履歴書は、「自分はこんなことをしたい」「貴社のここに魅力を感じた」と、夢いっぱいに書けると思うんです。でも転職となると、とにかく食べていくため。理由なんて浮かばないというのが切実で、この気持ち分かるなぁと。「金です」の直球さが好きです。

俵 短歌って、初句が大事なんですよね。その意味で引きこむ力のある初句です。本当は書きたいんだよね、「金だよ！」って。実際には言えない、書けないことも、ここには書けるという良さが歌にはありますね。

吉澤 「金」と敬語のマッチングが最高だと思います。

俵選

まだ手取り二十万円超えられず昼に読む〈伊調4連覇〉の記事

俵　それでは、千葉市の経理事務、星野珠青さんの作品に行きましょう。

一見、あまり関係がないように見える上の句と下の句が一首の中でぶつかり合い、火花を散らす——そんな技ありの歌ですね。上の句に「まだ手取り二十万円超えられ」ない自分がいて、昼休みに偉業を成し遂げた人の華々しい記事を読んでいる。そこに感想は何もないんだけれど、異なる事象をポンとぶつけることで、ある日の昼下がりの作者の複雑な気持ちが伝わってくる作り。どこか屈折した感情、あるいは逆に爽快な気持ちまで想像させる。とても上手い。

吉澤　上の句と下の句をぶつける方法が玄人（くろうと）ですよね。俵さんに見つけてもらえた作者におめでとうと言いたい……。

俵　この作者、コメント欄にも「伊調4連覇」については何も書いていなかった（笑）。

おそらく「4連覇」にライバル心をもつ距離じゃない、その遠さがいいですね。本当に微妙な感情が伝わってきました。

吉澤 受賞はせずとも、ここまでのみなさんの歌すべて素晴らしかったです。では――いよいよ受賞作の発表に移ります。どの歌も魅力的で絞りきれない気持ちなのですが、吉澤嘉代子賞を贈る一首は、心を撃ち抜かれたこの作品に決めました！

吉澤嘉代子賞　「派遣さん」聞こえる度に振り向けば頭下げてる佐野さん見えて

吉澤 東京都の元会社員、岩切はるかさんの歌。大好きな一首です。応募作でも「派遣労働」をテーマにした歌は多く、さまざまな課題が山積していることを痛感しました。この歌が印象的だったのは、「派遣さん」と呼ばれている人が、作者にはちゃんと「佐野さん」として見えているところ。五七五七七で何度も味わえる短歌は、私にとってお守りのようなものなのですが、この作品の根底にある「どこかにあなたを見ている人がいるよ」というメッセージは、働く人すべてのお守りになるのではないでしょうか。短歌の素晴らしい役割、言葉の力を強く感じました。

俵

「派遣さん」と呼ばれるたびに振り向くのは、作者も「派遣さん」と呼ばれたことがあるからかもしれません。一番グッとくるポイントは、やはり作者が「佐野さん」と名前を呼んでいることですね。名前を入れたのが、とても良かった！

では続いて、私から俵万智賞を発表します。最終選考に残った中で唯一の男性による歌でした。応募作全体では男性の投稿も沢山ありましたし、女性も男性もあらゆる性が生きやすい社会になってほしいです。

俵万智賞

顔見れば欲しいタバコがわかるほど会っているのに他は知らない

俵　大阪大学工学部二年の田中颯人さんの作品です。彼はコンビニでアルバイトをしているんですが、歌に一切「コンビニ」という言葉が入っていないのが素敵。一読するだけでは「どういうこと？」と分からないんだけど、「あ、そういうことか」と後から意味に気づくんです。巧みですよね。顔を見ただけで吸っているタバコの銘柄が分かるなんて、かなり親密な感じがするけれども、それ以外なにも知らないという距離感の不思議さ。

吉澤　好きじゃなければそんなこと気にならないだろうから、恋心でしょうか。「俺はこの人の顔を見れば欲しいものが分かる」と思うのに、「他は知らない」という現実がドンと突きつけられて、切なさが残る。めっちゃ好きな歌です。私もコンビニでアルバイトした経験があって、共感しました。お客さんの顔を意外と覚えるんですよね。当時とても素敵な女性の常連さんがいて、秘かに憧れていたので「今日も来てる！」と喜んだり、あるとき男の人をつれてるのを見て「あ、彼氏いるんだ……」と心の中で反応していたことを思い出しました（笑）。

俵　コンビニ店員さんのリアルな感情を掬っていますよね。

では、いよいよ大賞の発表です……！　私たち二人ともが最終選考まで残し、心を動かされた歌でした。

子の熱で休んだ人を助け合うときだけ我らきっとプリキュア

俵　愛知県の会社員、遠藤翠さんの作品。
この歌、好きだ〜！　仕事をもちながら子育てしているお母さんをサポートする連帯感が「いま、私たちがプリキュアよね！」という高揚感とともに伝わってきました。プリキュアって、女の子たちが力を合わせて悪い奴をやっつけるヒーローチームなんですが、ひとりの子どもの一大事を職場のみんなが連帯して助け合うんだ、という喩えにもぴったり。

吉澤　こういう歌を作る作者のことも好きです！　コメント欄に「先輩のお子さんが熱を出して急遽代わることになった」と歌の背景が書かれていました。きっと幼い子どもは熱を出しやすくて、そのたび勤め先に休みの電話をする親御さんたちには苦しい思いが沢山あると思うんですけど、そんな方々の心を支えてくれるような歌ですよね。

俵 現実には、なかなか助けてもらえないこともあるでしょう。でも、歌にして伝えることで、そんな現実を変えていくことができるはず。

吉澤 子どものいる人といない人の溝や、仕事の分配で「また私が押し付けられるの？」とギクシャクが生じる現実も見聞きする一方、こういう気持ちをもつ方が存在していることが歌になっていて、胸に刺さりました。

俵 「ときだけ」という言葉が効いているんですよね。「ふだんからそんな善人じゃないよ、仲が良いからでもない、いろいろあるけど助け合うんだよ」というリアルさが、「だけ」に凝縮されていて、そこがすごい。

吉澤 モヤモヤを発散する、苦しさを吐き出す歌も素晴らしかったのですが、大賞はみんなの心の支えになるような歌を推したいと、俵さんと意見が一致したので、今回は遠藤さんの作品に決定しました。

選考を終えて

俵　お疲れさまでした。まだまだ載せたい歌がいっぱいあった！　的確な作品ばかりだったし、多くの人に短歌が身近な表現方法になっているのだと改めて感じます。

吉澤　選べなかった作品の中にも、プロでは？　と思う方が沢山いらっしゃいました。

俵　歌のいいところは、プロと素人の境があいまいなことですね。歴史上、こんなに多くの人が短い言葉で表現している時代はありません。日ごろからＳＮＳでトレーニングできているから、あとは五七五七七の形をプラスすれば短歌は作れる。言葉のトレーニングをしている人の身の上に、心が揺さぶられる出来事がパシッ！　と合うと、魅力的な歌が生まれます。

吉澤　結婚する・しない、子どもを生む・生まないなど、あらゆる違いはあっても、それぞれままならない時代を生き抜きたいという気持ちや、次の世代を引き継ぐ子どもたちにこんな思いをさせたくない、というヒリヒリした気持ちが伝わってきました。

なにかと分断されがちな世の中だからこそ、同時代を生きる一人として強く共感します。

俵 大賞に輝いた歌は時代をビビッドに映す鏡のようでしたが、全応募作を見渡すと、大賞作品とは対照的に、なかなか助けてもらえない女性たちの現実も浮かび上がりました。ただ、不満やモヤモヤを愚痴に終わらせず、作品にしてみると、今回のように他者に伝わることもある。短歌は現実を変えるツールにもなるんですよね。

吉澤 作者に会ったことがなくても、一首好きだと感じると、その人の他の作品も好きになり、そうしたらその人自身のことも好きになるんだなと発見もありました。言葉の力ですね。

俵 吉澤さんが「この作者が好き」と仰っていたのは、本質的だと思います。現代人はまず顔を見て、外側から入っていきますよね。社会人だと名刺をもらい、肩書きを見て、最後に心に触れるけれど、平安時代は最初に歌をかわし、心をかわし、「あ、この人好きだな」となって、やっと結ばれるときに顔を見る。なんなら夜は真っ暗だから、朝になるまで顔は分からない（笑）。最初に心が出会って好きになったなら、それは正解な気もするんです。歌をみせてもらう＝心をみせてもらうことだから、歌に共感したら、もうその人を好きになっているんですよね。

吉澤　今まで短歌に触れる機会といえば、歌集を読んだり、SNSの短歌BOTで一首ずつ流れていくのを「あ、いいな」と眺めることが多かったのですが、今回はふだん触れられない職業や歌の背景が分かり、作者の世界を垣間見られたこともうれしかったです。

俵　この短歌大賞もそうですし、この本の本編でも歌人たちが自分の職業を明かして、リアルな散文をつけてますよね。元はWEBでのリレー連載だから、前に掲載された人の作品をみなさんおそらく読んで、「私もやらなアカンかな」と本気を出されたんじゃないかな（笑）。現代の歌人に「仕事」というテーマで歌を作ってもらうのが面白かったし、このリクエストがなければ生まれなかったものもあったと思う。「仕事と女性」という切り口で短歌を残した大事な歌集だと思います。

（二〇二三年二月二二日　読売新聞東京本社にて）

吉澤嘉代子（よしざわ・かよこ）　シンガー・ソングライター

一九九〇年埼玉県生まれ。二〇一四年メジャーデビュー。一七年にバカリズム作ドラマ「架空OL日記」の主題歌「月曜日戦争」を書き下ろす。2ndシングル「残ってる」がロングヒット。二一年にドラマParavi「おじさまと猫」オープニングテーマ「刺繡」、5thアルバム『赤星青星』をリリース。同年、日比谷野外音楽堂で単独公演を開催、初のライヴブルーレイ「吉澤嘉代子の日比谷野外音楽堂」を、二三年に映画「アイスクリームフィーバー」の主題歌「氷菓子」をリリース。

俵 万智（たわら・まち）　歌人

一九六二年大阪府生まれ。二八〇万部という現代短歌では最大のベストセラーとなった歌集『サラダ記念日』の著者。同歌集で現代歌人協会賞を受賞。日常で使われる「口語」を用いて、短歌という詩型の幅を大きく広げた。ほかの歌集に『かぜのてのひら』『チョコレート革命』『オレがマリオ』などがある。二〇〇六年『プーさんの鼻』で若山牧水賞、一九年『牧水の恋』で宮日出版文化賞特別大賞、二一年『未来のサイズ』で迢空賞、詩歌文学館賞受賞。読売歌壇選者を務める。

おしごと小町短歌大賞受賞記念寄稿

帯とタスキの間に浮かぶ

遠藤　翠

アパートが取り壊されていくときの必然みたい明日から四月

階段の最後の四段のぼり切るときに唱えるヤン・ニョム・チ・キン

切り替えるときに映った画面から猫好きだって気づいてしまう

子の熱で休んだ人を助け合うときだけ我らきっとプリキュア

若手ではないと気づいた「今日若手だけで飲み会です」と言われて

お先にと乗り換えていく友がいて船の上には気づけばひとり

世の中は進歩していくひとりでも背中に貼れてしまうフェイタス

売上と利益を追って漕ぐ船に自分の夢も忘れずに積む

十年戦士

社会人になって十年目の年に、短歌と出会った。きっかけは、俵万智さんの回顧展を訪れたこと。短歌のシャワーを浴びたように感じて、自分も何かを表現してみたいという衝動に駆られた。自由に出掛けられなくなったコロナ禍も、アウトプットしたいという気持ちに火をつけたのかもしれない。毎日の生活で感じたあらゆるものを五音と七音に切り取っては、種をまくように投稿を始めた。その種が、思いもよらない花を咲かせて今こうしてエッセイを書いているのだから、本当に信じられない気持ちである。

「子の熱で休んだ人を助け合うときだけ我らきっとプリキュア」は、会社のグループチャットでのやりとりが元になっている。「子どもが熱を出してしまったので、今日の会議の進行を代わってもらえませんか」というメッセージに対して、メンバーが次々と「任せてください！」と投稿していて、その投稿にハートマークが増えていった場面から着想を得た。子どもの看病も、仕事のサポートも、どちらも大変だ。でも、そんなときに「任せてください！」と即答できる人は最高に格好いい。現実はこんな〝綺麗な理想〟ばかりではないかもしれないけれど、「今、我らプリキュアなんだ」と思えたら、少し誇らしい気持ちで乗り越えていけるのではないかと信じたい。

コロナ禍を機に在宅勤務をするようになって、チャットでリアクションを送り合ったり、画面を共有する時に映る背景から趣味の話になったり、今までになかった交流が生まれた。面倒だと思っていた通勤も、ＰＣに向き合うだけでは感じられないリアルな世界との窓口になった。こうした些細な人とのつながりが、実は生活に彩りを与えてくれている。そう感じる余裕が出てくる頃には、若手の飲み会に呼ばれなくなり、肩凝りもなかなか治らなくなるけれど、今この時間を少しずつ楽しくさせながら、今までよりもう少しまわりの人のために、働いていけたらうれしい。

遠藤　翠（えんどう・みどり）　会社員
一九九一年愛知県生まれ。おしごと小町短歌大賞受賞。

初出：読売新聞情報サイト「大手小町」（2022年10月13日
〜2023年３月15日）
単行本化にあたり、タイトル「女が叫ぶみそひともじ」を
変更の上、加筆修正しました。対談「短歌が変える私たち
の現実」と遠藤翠さんの作品は書き下ろしです。

装幀　六月
装画　MIKITAKAKO

働く三十六歌仙

浅田瑠衣／飯田有子／石川美南／稲本ゆかり／乾 遥香／井上法子／上坂あゆ美／遠藤 翠／岡本真帆／奥村知世／川島結佳子／北山あさひ／鯨井可菜子／佐伯 紺／櫻井朋子／田口綾子／竹中優子／谷じゃこ／田丸まひる／千原こはぎ／塚田千束／手塚美楽／寺井奈緒美／道券はな／戸田響子／十和田 有（ひらりさ）／西村 曜／野口あや子／橋爪志保／初谷むい／花山周子／平岡直子／本多真弓／水野しず／山木礼子／山崎聡子 （50音順）

うたわない女（おんな）はいない

2023年7月10日 初版発行
2024年4月10日 3版発行

著 者 働（はたら）く三十六歌仙（さんじゅうろっかせん）
発行者 安部順一
発行所 中央公論新社
〒100-8152 東京都千代田区大手町1-7-1
電話 販売 03-5299-1730 編集 03-5299-1740
URL https://www.chuko.co.jp/

DTP 嵐下英治
印 刷 大日本印刷
製 本 小泉製本

Published by CHUOKORON-SHINSHA, INC.
Printed in Japan ISBN978-4-12-005671-0 C0092